Fortunato Poeira
Anna Martino

cacha
lote

Fortunato Poeira

Anna Martino

Para Luís Mauro e Lucas.

1	11
2	23
3	29
4	33
5	41
6	49
7	65
8	69
9	75

Passou a diligência pela estrada, e foi-se;
E a estrada não ficou mais bela, nem sequer mais feia.
Assim é a ação humana pelo mundo fora.
Nada tiramos e nada pomos; passamos e esquecemos;
E o sol é sempre pontual todos os dias.

Alberto Caeiro, em *O Guardador de Rebanhos*

I

Para te ser sincero, senhora, não me lembro quem encontrou primeiro o Fortunato. Acho que foi o Marcelo, filho do Guedes, porque ele estava de viagem marcada lá para a Terra no primeiro cargueiro do dia, que sai daqui de Bertha Lutz logo que ligam a energia da colônia. Isso é lá pelas seis da manhã, horário oficial do Brasil. O Guedes mora longe do espaçoporto, então sei que estava na estrada desde as cinco e pico...

Vai vendo, o caso não é quem achou primeiro. Essa primazia não altera o resultado final. O caso é que acharam o Fortunato morto lá no espaçoporto. É essa a questão. Acharam o Fortunato morto, sozinho num canto. Como foi que ele passou despercebido, isso é o que me pergunto até hoje. Vai ver que ele chegou com o último cargueiro do dia, se acomodou para arrumar a mochila e morreu sentado ali mesmo. Isso até entendo, mas como cacetes que ninguém o viu? Vai ver acharam que ele estava dormindo no banco, não ia ser a primeira vez, mas...

Enfim. Esse troço todo ainda me incomoda um bocado. Já faz um ano dessa história e sabe que ainda tem dia que fico esperando o Fortunato aparecer na estrada? Especialmente agora que é época de colheita. Ele sempre vinha para as colônias nessa época — pegava carona em um cargueiro ou em alguma nave particular e aparecia aqui em Bertha Lutz com aquela mochila ridícula, perguntando se tinha alguma fazenda precisando de mão de obra para a temporada.

O Fortunato era parte da vida dessa nossa lua agrícola, como os ventos lá fora do domo, sabe? Cresci vendo-o trabalhar na plantação da minha família, ou então nas plantações dos nossos amigos pela estrada afora. Como dizia meu pai, era batata – assim que os tomateiros começavam a florir, ele me dizia: daqui a pouco, chegam as frutas e os trecheiros. Daqui a pouco, chega o Fortunato por aqui, ele vem nos ajudar.

Sei que parece ridículo aos olhos da gente que ficou lá na Terra, essa coisa de esperar pelos trecheiros. Quando tenho que ir lá pra baixo a trabalho ou por conta da família, e o assunto surge à mesa, são sempre as mesmas perguntas: por que uma lua agrícola precisa de mão de obra extra? Os colonos não dão conta do recado? Por que não mandam os vagabundos de volta para casa?

É sempre assim. Ninguém dá a mínima para as colônias espaciais agrícolas até que o assunto dos trecheiros vem à tona. Por que, né? Ninguém se pergunta como a comida chega na mesa...

E a resposta que posso lhe dar é a seguinte: não faço a menor ideia! Dar conta, nós damos, sempre demos. É para isso que estamos aqui. Cada família tem seu lote e a gente vai cuidando conforme as instruções. Ninguém tem latifúndio no espaço, essa é uma das nossas leis. É por isso que o pessoal não entende os trecheiros: se cada um cuida do seu, por que precisa de mais gente?

Porque as demandas da Terra sempre crescem mais do que conseguimos resolver. Porque tem ano que um tá doente ou outra tá grávida, tem ano que a fazenda do vizinho produziu coisa demais, essas coisas todas. Acontece que a gente é gente, não é robô e nem figurinha de planilha. E quando você tá vivo, as coisas acontecem.

E por isso sempre falta mão de obra quando da colheita, e aí qualquer ajuda que aparece a gente aceita. O governo nunca manda recursos extras, de qualquer forma. Promete e promete e nunca manda. Então, sim, a gente pega quem se oferece para trabalhar com a gente.

Não dá tempo de fazer muita distinção. Se consegue trabalhar e não dá trabalho para o pessoal da colônia, se consegue ficar sem álcool e sem nicotina — aqui não sobe nada disso desde a fundação, o controle é rígido —, e consegue se comportar... Então tá bom. Os trecheiros também sabem que a gente não atura corpo mole. A fama que a gente tem? Essa de ser bravo e bruto? Tem lá certo fundo de verdade...

Meu pai tinha muito apreço pelos trecheiros espaciais — em casa, sempre tinha um canto para eles. Ainda tem. Semana passada, dois estavam lá na fazenda; o pessoal quando vê na estrada já indica minha residência como lugar de pouso.

Não tem muito segredo e nem muita burocracia, no fim das contas. São gente sazonal, sabe? Eles pegam um trampo aqui, outro ali, depois rumam pra Doutor Sócrates ou lá pra Itxaropen, que é a colônia dos bascos aqui perto, e depois voltam para a Terra no fim da temporada. Não deixam rastros, e nem fazem questão. Acabou a colheita? Eles pegam o pagamento, agradecem, recolhem as suas coisas e desaparecem. É como um passe de mágica.

Alguns fazem isso por um ano ou dois, até conseguirem um canto mais fixo lá na Terra. Outros só aparecem por uma temporada para nunca mais voltar, e desses não sei se te dizer os motivos de terem vindo ou de não terem voltado. Tem os malucos de verdade, mas esses o cargueiro leva embora na primeira entortada que os caras dão... Alguns já são figurinha carimbada, como dizem nossos avós, nem passam da porta do espaçoporto lá na Terra mesmo, se bobear.

E tem aí os que fazem da rota entre as luas agrícolas e a Terra um modo de vida, sem se prender a canto nenhum.

O Fortunato, a senhora veja, era do terceiro tipo. E o conhecia desde que nasci, como lhe disse. Acho que ele e meu pai nasceram na mesma cidade, daí a afinidade. Meu pai era da Terra, nascido e criado na tal de São Paulo; veio aqui pra Bertha Lutz naquela época em que o governo pagava pras famílias mandarem as crianças aqui pras colônias agrícolas espaciais. História complicada, te conto outro dia, tem muito a ver com a superpopulação e com a necessidade de povoar o espaço aqui em cima, e como a senhora pode imaginar, tem mais nuance do que dá pra explicar assim, a seco.

Minha mãe, por sua vez, era nascida aqui na Colônia Espacial Agrícola Bertha Lutz, nunca desceu pra Terra. Nunca mesmo, não fazia questão nenhuma. Acredita nisso? Morria de medo! Ela dizia que gente do Outro Continente, a nossa gente, não era pra se misturar muito com o povo lá de baixo. Acho que o único terrestre que ela entendia era o meu pai, e isso porque ele não fazia muita questão de manter ligação lá com a cidade natal dele. Quando meu pai ia visitar os parentes, ela ficava aqui na fazenda, e tudo bem.

Vai daí que ela não entendia os trecheiros, sabe? Dizia que a pessoa precisava se decidir se vai ou se fica, não ficar zanzando dum lado pro outro que nem bolinha de pingue-pongue.

Mas meu pai entendia. Dizia, "sabe, filho, a vida não é tudo só na base do preto e branco. É tudo cinza. Tem gente que prefere viver solto. Não causando problema, não é da nossa conta se são poeiras do chão da Terra ou poeira de estrela".

É daí que vinha o apelido do Fortunato. Porque a questão toda, o que causou esse problemão aí que a senhora veio esclarecer, é que a gente não tinha ideia do nome dele. Digo, o nome correto, dos documentos. Aqui, ele era o Fortunato Poeira de Estrela, ou só Poeira mesmo. Mesmo hoje, passado todo esse quiproquó, é assim que as pessoas se referem a ele, pelo menos por aqui em Bertha Lutz.

A gente sabia muita coisa dele — que era barítono; que sabia tocar rabeca; que era ótimo com horta hidropônica, mas um desastre pra cuidar de composteira; que gostava de feijoada e que torcia para o Vasco da Gama. A gente sabia que ele não bebia álcool, o que era raro para um terrestre, e que não tinha religião específica — ia em todos os eventos aqui da colônia sem distinção, cantava ponto de macumba e hino de cristão com o mesmo entusiasmo.

Mas família? Endereço? Essas coisas mais oficiais? Isso a gente não sabia.

E aí começam os problemas.

Não dá pra enterrar ou cremar uma pessoa sem um nome de verdade. Burocracia é assim, seja cá no alto ou lá embaixo. Você precisa ter nome e sobrenome, senão acaba os dias como indigente.

E foi por isso que acabei envolvido nessa confusão toda.

Enfim, vai vendo, o que aconteceu foi o seguinte: o pessoal lá da administração me chamou logo que abriu o espaçoporto e encontraram o pobre do Fortunato sentado no canto da sala de desembarque agarrado à mochila. A lei diz que, em caso de morte nas colônias espaciais, a família na Terra tem que ser avisada para organizar o traslado de volta.

    A gente não tem cemitério aqui, nunca foi planejado. Aqui é só plantação e habitação; pra conseguir construir um centro esportivo pros colonos demorou quase vinte anos, e até hoje a gente faz apresentação de teatro meio no improviso lá na assembleia ou no ginásio, porque verba pra construir um centro de artes ninguém nunca lembra de liberar...

    Então, quando morre um, toca mandar de volta pra Terra. A família é que decide o que fazer: em geral, o corpo segue pra cremação e depois os familiares cuidam das cinzas de acordo com seus preceitos particulares. No caso dos meus pais, segui os pedidos deles e espalhei as cinzas no espaço. É o que quero que seja feito comigo, quando chegar minha vez. Minha esposa já foi devidamente avisada. Ela quer que as cinzas dela sejam espalhadas na cidade dela lá na Terra. Por mim, tudo bem, mas espero que isso demore para acontecer.

    E pra enterrar uma pessoa lá no país de origem dela? Aí precisa pagar uma taxa de envio do corpo, e é todo um outro processo, uma coisa meio complicada. Leila me explicou umas três vezes, fiquei com vergonha de dizer que não entendi nem assim e por isso não perguntei mais. A senhora depois pergunta pra ela, se for o caso. Eu mesmo nunca enterrei ninguém da minha família e não gostaria de ser enterrado, vai ver é por isso que não entendo o processo.

    Mas o que é importante de colocar na história não é isso. O importante da história é que, não tendo um contato lá na caixa de minhoca flutuante — ou seja, se a pessoa morre sozinha aqui e sozinha lá também — então alguém aqui na colônia tem que vir assinar a papelada e tal para a liberação do corpo. Sabe, como se fosse parente e tal. Do contrário, sei lá o que fazem com as cinzas... Tenho até medo de perguntar!

Não é a primeira vez, não vai ser a última, especialmente com esse pessoal mais velho — as famílias vão se esgarçando, sabe? E aí tem vezes que não sobrou ninguém lá na Terra, ou se sobrou, a pessoa não tem condição de pagar as despesas do próprio bolso. A gente aqui em Bertha Lutz tem um fundo para essas coisas. Sabe, pra pagar o traslado pro crematório, trazer parente cá pra cima pra participar de um funeral, essas coisinhas.

É o mínimo, né? O pessoal aqui é unido, sabe? Precisamos ser. Nessas horas, principalmente. A gente se ajuda como dá. Todo mundo doa uma parte do salário, fica guardado no banco direitinho e a gente só usa mesmo quando do falecimento da pessoa.

Eu sou o administrador desse fundo e o Fortunato era muito próximo da minha família; foi por esses dois motivos que me chamaram para reconhecer formalmente o corpo e dar início aos procedimentos todos.

Olhe, vou te dizer... Já passei por uns perrengues nessa vida que a senhora nem queira saber. Uns troços de maluco. Umas tristezas que nem tenho vocabulário educado para explicar. Mas poucas coisas me deixaram mais triste do que ver o Fortunato lá na maca. Dormindo, te juro, de braço cruzado no topo do peito como ele costumava fazer quando dormia na rede lá em casa. Só faltava roncar. Comentei isso com a legista — Leila é amiga minha de escola, sabe, a gente se entende. Ela até riu quando eu falei isso do ronco.

— É, ele teve uma partida misericordiosa.

— Tua definição de misericórdia é meio torta — lembro de ter comentado. — Morrer sozinho num espaçoporto vazio no meio da noite!

— Foi misericordioso, sim. Ele sentou-se, pegou no sono e partiu para as estrelas duma vez por todas. Não sentiu dor, te juro. Foi mesmo como pegar no sono. — Aí a Leila pegou a famosa prancheta para preencher e respondi que nisso não tinha como ajudar. — Mas você não tem informação nenhuma?

— Nenhuma que o governo vá poder usar. Não dá pra gente pular essa parte?

— Putz, cara, quem dera. Mandaram um funcionário novo lá pro registro e o camarada é terráqueo de dar dor nos rins. Vai querer procurar o registro do Fortunato no banco de desaparecidos e tal, fazer tudo como manda a lei, a coisa vai demorar.

— Trecheiro não é desaparecido.

— As famílias às vezes registram como se fosse... Vai que dá certo, né?

— Olhe, todos esses anos e ele nunca mencionou um familiar. É cada uma que parece duas, como dizia o meu pai...

— Eu sei, eu sei, mas melhor assim, se quer minha opinião. Assim, não aparece o filho pródigo depois xingando a gente.

— Tá de brincadeira que fazem isso.

— Quem dera! Acontece direto. Isso quando não é um caso de bigamia. Teve um caso outro dia, acho que foi em Doutor Sócrates. A família na Terra ficou sabendo do falecimento depois que o corpo já tinha sido cremado, por ordem dos familiares na colônia. Tudo porque esqueceram de checar nesse arquivo. A família na Terra tinha registrado o homem como desaparecido, apitou no computador e aí...

Deu um rebu que nem te conto, o pessoal 'tava comentando que as viúvas saíram no soco e tudo. Enfim, você vai querer ver os conteúdos da bagagem do Fortunato? Vai que tem alguma coisa lá que possa ajudar.

Aí preciso te explicar uma coisa, senhora. Colono não tem esse hábito de carregar muita tralha. É coisa do tempo que as luas artificiais eram punição, sabe? Prisioneiro não tem objetos pessoais, come e veste o que lhe dão, quando e se lhe dão. Daí que depois, quando as pessoas vinham para cá porque queriam e não porque eram obrigadas a isso, a coisa meio que virou um hábito. Faz até um tanto de sentido, pense bem: nosso espaço é pouco, os recursos são limitados. Pra que ficar empilhando tranqueira nos cantos? Atrasa a vida de todo mundo! Terráqueo é que gosta de juntar tralha que não usa só porque o vizinho tem um cacareco e ele quer um igual, é por isso que a caixa de minhoca lá deles ficou daquele jeito.

Mas trecheiros são diferentes. Eles não têm casa, então carregam a casa nas costas.

A mochila do Fortunato era a coisa mais ridícula do mundo porque parecia que ele carregava umas três casas lá dentro. O que você precisasse na lida das hortas, o cara tinha. Tesoura? Arame? Barbante? Se bobear, ele tinha dois de cada...

Mas isso eram os equipamentos de lida. As coisas mais pessoais, isso nunca tive acesso, e precisei ter para ver se achava alguma coisa de útil para os registros. Te conto, é uma sensação muito esquisita fuçar nas coisas de uma pessoa. Você aprende muito sobre ela nessas horas. Por exemplo, ele tinha dois bonés. Coisa inútil aqui pra gente, o domo filtra a luz solar, mas vá lá, quando ele estava na Terra... Muda de roupa, duas também, mais a roupa de festa que era o orgulho dele, aquela camisa vermelha de manga comprida que todo mundo se lembrava dele usando.

Fui desmontando a mochila com um nó na garganta porque as roupas estavam todas lavadas — ainda cheirando a sabão, sabe? Coisa de terrestre. Fiquei pensando onde ele lavou as roupas, onde ele afiou as tesouras de poda, onde comprou o rolo novo de barbante — ainda 'tava no plástico e tudo. Ele se preparou para mais uma temporada de colheita, sabe? Dava para ver o cuidado todo.

Agora, me pergunta se tinha alguma coisa pessoal na mochila. Um rosário, uma carteira, foto da família, flâmula de time. Pois é. Nada. Coisíssima nenhuma.

A única coisa diferente era um envelope desses de papel pardo que o pessoal lá da Terra ainda usa para arquivar coisas, porque não confiam em documento eletrônico — não que eu mesmo confie muito, também, mas isso aí não vem ao caso agora. O que vem ao caso é que nesse envelope aí tava escrito EM CASO DE FALECIMENTO com tinta preta, em letras bem grandonas.

Era a letra do Fortunato, sim, senhora. Ele era alfabetizado, a caligrafia dele era melhor que a minha. Coisa de gente das antigas, a senhora entende? O pessoal de antes escrevia mais à mão. Todo mundo pensa que trecheiro é analfabeto, mas isso é um preconceito dos mais idiotas... só porque a pessoa escolheu a estrada, então ela é desinformada ou ignorante?

Enfim, tô aqui desviando o assunto, a senhora me perdoe. Tudo isso para dizer que sim, aquela era a caligrafia do Fortunato, e era a única coisa que poderia nos indicar o que fazer.

Chamei Leila e mais uns dois colegas dela para lerem comigo o documento. Sabe como é, numa hora dessas a pessoa precisa de testemunhas, precisa deixar tudo mais oficial. O Fortunato escreveu em tinta preta uma carta numa folha de caderno explicando que, se morresse em trânsito ou durante o trabalho dele nas colônias, era pra ninguém ficar triste.

Me deixaram ficar com a carta, olhe aqui. Viu o que disse sobre a caligrafia dele? E observe que ninguém mexeu em nada, não tem uma rasura. Olhe, aqui: ele pedia "pela caridade do fundo mutual, mesmo que eu não seja daqui". Queria um funeral de colono, não de terráqueo — ou seja, cremação e não enterro — e "nada de caixão aberto, que eu sou feio e não vou ficar bonito só porque estiquei a canela".

Disse também que não tinha posses e que podiam distribuir as roupas e os equipamentos para quem precisasse. Olhe aqui, essa é a parte mais dolorida. "Não me cremem nas roupas bonitas, é desperdício. Depois que me cremarem, espalhem minhas cinzas no céu mesmo, não tenho preferência. Só quero estar onde sempre estive, entre as estrelas".

Quanto tempo esse envelope estava na mochila? Não sei. Do jeito que está amassado, tô chutando que já era coisa antiga. Sei que a letra é dele. A gente até mandou num sujeito que analisa oficialmente essas coisas para confirmar depois. Só por garantia, pra não dizerem que a gente forjou o documento. Como se ele tivesse alguma posse em disputa! Ele só tinha uma camisa mais decente e uns equipamentos de trabalho. E um par de alpargatas.

Não que eu estivesse pensando nisso de alguém acusar a gente aqui na colônia de fraude ou qualquer coisa desse tipo. Não naquela hora, pelo menos. Naquele instante, minha cabeça parecia uma bolha, te juro. Não tinha nada dentro, só ar quente.

Nessas horas, você tem que focar numa coisa por vez, sabe? Você pensa, "primeiro vou falar com a administração.

Depois, vou chamar o pessoal do fundo para liberar o dinheiro. Preciso de duas assinaturas, vou chamar Fulano e Sicrano. Depois chamo não sei mais quem para organizar o funeral". Um passo por vez, sabe? Porque se fosse parar e pensar que tava mandando cremar um cara que me pegou no colo — que ele tava aqui do meu lado quando morreu meu pai e minha mãe, me ajudou a cremar os dois; que me ajudou a manter a fazenda funcionando, que tocou rabeca quando nasceu meu filho —, te juro, dona, eu acho que não saía mais do chão. Não saía.

2

O funcionário novo que a Leila mencionou se chama Martim. É boa pessoa, sabe? Não vou falar mal, não. Só tava fazendo o trabalho dele, coitado. As coisas são assim: sempre tem um que precisa ser o chato do evento.

Fui falar com ele pra ver se liberava a área de funeral mais cedo — sabe, pra ir adiantando o trabalho de todo mundo, que a colônia não ia decretar feriado só por causa dum trecheiro morto. Ou seja, o funeral ia acontecer e todo mundo que tivesse que vir viria antes ou depois do trabalho, ou então se o patrão assim liberasse. Normal, eu acho. Acontece assim lá embaixo também, não acontece?

O Martim disse que ia precisar primeiro fechar a documentação toda, mas que podia ir avisando os outros:

— Esse pessoal andarilho faz amizade em vários locais, imagino que vai ter bastante gente para se despedir.

— É, é esse o espírito da coisa. Não sei se vai mesmo ter muita gente, mas... Não dá pra liberar o corpo mesmo?

— Pior que não dá, seu Antônio. Dependesse só de mim, já tinha despachado. Pelo que o senhor e dona Leila do hospital explicaram, parece que não vai ter ninguém mesmo para reclamar o corpo por aqui. Assim, de direito, como parente. Mas o pessoal lá na base... Sabe, teve uns casos aí que o falecido tinha família que era contra a cremação. Foi um bafafá, acionaram advogado e tudo.

— Como se o advogado pudesse transformar cinza em osso de novo.

— Transformar, eles não transformam, é bem verdade. Mas a família pode pedir indenização pro governo. E quase sempre ganham. Melhor pecar pelo excesso do que pela falta, o senhor entende?

— Sem problema. Mas tudo bem a gente já ir organizando tudo?

— Vão tranquilos, vou até liberar uma sala lá na assembleia para receber os visitantes. Para todos os efeitos, já deixei marcada a partida do caixão para daqui dois dias no cargueiro. Qualquer alteração, fique tranquilo que informo. Mas não creio que vamos ter problema, é só cumprir os trâmites e pronto.

É um bom sujeito, o Martim. Queria deixar claro que a confusão não foi culpa dele, como andaram dizendo lá na assembleia depois. Como é que ele ia saber? Nem tendo bola de cristal, é o que sempre digo quando aparece o assunto. Ele é funcionário público, não é adivinho... Ele só fez o trabalho dele, e fez bem feito. Não dava para ter pedido por uma pessoa mais atenciosa no cumprimento do dever do que ele, que fique bem claro.

E, bem, com isso fui fazer o meu papel, né? Avisar o pessoal do fundo mutual que ia mexer no dinheiro no banco e, feito isso, começar os preparativos todos. Era pouca coisa, mas precisava fazer na ordem certa senão dava problema.

Todo mundo tem um papel no evento: um aciona a rádio e o grupo de chat nos comunicadores do pessoal, outro vai preparar o local do funeral, essas coisas. Tem uma dezena de pequenos itens para cumprir na lista. Juntar umas cadeiras, passar um café para os visitantes, quem sabe fazer uma comida caso venha gente de outra colônia. Às vezes, a gente precisa entrar em contato com o pároco local pra organizar o esquema de despedida — sabe, cada religião tem seus ritos para esse momento, é importante pros familiares. No nosso caso aqui em questão, o responsável chamou todos os párocos que ele tinha na lista pra ver o que poderia ser feito, já que o Fortunato frequentava tudo que era templo num raio de cinco quilômetros de Bertha Lutz... De novo, melhor pecar pelo excesso do que pela falta...

Aí que começou o salseiro todo.

Quando espalhou a notícia de que o Fortunato tinha morrido, foi um caos. O Martim tinha reservado uma sala pequena — cabiam umas vinte pessoas com algum conforto, vinte e cinco se espremendo com boa vontade. Achei que tava de bom tamanho — quer dizer, Bertha Lutz é uma colônia pequena; eu mesmo nunca vi funeral com muito mais gente que isso. O do meu pai teve trinta camaradas, e na época achei que era uma multidão.

Vai vendo: não deu hora e meia do anúncio inicial e a gente precisou arranjar outra sala porque já tinha setenta camaradas na assembleia, e vinha chegando mais gente! Imagina, tudo isso para um trecheiro! Coisa inédita, pode escrever: não teve antes e duvido que vá acontecer de novo.

E aí também começaram os telefonemas... Ninguém me disse que isso ia acontecer.

Uma moça lá de Itxaropen telefonou pra mim perguntando se ia ter esquema de alimentação no funeral pros visitantes de fora de Bertha Lutz — se a gente não tinha organizado isso, podia deixar com eles que o pessoal de lá ia trazer os panelões por conta, não precisava descontar do fundo mutual. "Imagina, se despedir do Poeira sem café com fritura? Ele ficaria indignado". Ia mesmo, daí que autorizei os panelões. Precisou falar com o Martim, e o Martim foi falar com o chefe dele, e no fim tudo foi feito.

Depois foi um cara lá de Doutor Sócrates que telefonou perguntando se tudo bem se ele trouxesse um pessoal pra tocar música, porque o Fortunato fazia parte da bandinha lá da colônia deles e o pessoal queria se despedir direito. Imagina isso! Nem sabia que o Fortunato fazia parte da bandinha, ele nunca me contou. Fui honesto com o cara lá, nunca vi funeral com música ao vivo, mas pra tudo na vida tem primeira vez, né?

Pois veio a bandinha — eram uns dez, tudo criança! O mais velho se tinha dezesseis era muito... Todos acompanhados dos adultos responsáveis e com as carinhas lavadas de choro. Ao que parece, o Fortunato ensinou metade do pessoal a tocar os instrumentos musicais. O mais novo da bandinha tinha uns nove anos, lembrava muito meu primo Ravi que ficou lá na Terra — o coitadinho estava desconsolado, parecia que tinha perdido o avô.

Nisso, o pessoal de Itxaropen foi pedir autorização pra usarem a cozinha da assembleia; pedi uma ajuda pra minha esposa com a criançada, porque ou eu cuidava deles ou cuidava da burocracia toda. Preferia a criançada, pra te ser honesto, mas a vida é isso, né?

E vinha chegando gente, a senhora nem acredita. As luas artificiais não são grandes, todo mundo meio que se conhece, mas não tinha ideia de que o Fortunato conhecia todo mundo. Quando desceu gente no espaçoporto vindo de Nova Cariacica para o funeral — isso é em outra lua, vai vendo! —, aí que percebi que ia ser mesmo um dia daqueles que todo mundo se lembra depois de décadas.

A senhora nem imagina a comoção. Era gente chorando daqui até o espaçoporto e de volta. É um bom par de quilômetro. Imagine isso, tudo ocupado de uma ponta a outra. Por causa dum trecheiro.

Só que, né? Coisa meio complicada, um funeral sem corpo presente...

Aí começa o trabalho de detetive. Alguém naquela multidão tinha alguma informação sobre possíveis familiares do Fortunato? Resposta: aquele monte de gente sabia o mesmo que eu. E enquanto o Martim não confirmasse com 100% de certeza que não tinha ninguém na Terra que pudesse reclamar o corpo... nada de funeral.

Você acha que o pessoal foi embora por causa disso? Coisa nenhuma! Ficaram todos empilhados na frente da assembleia esperando. Enquanto não vissem o caixão, não arredavam o pé. Nunca vi isso na vida. Não sei se vou querer ver de novo.

Bom, pelo menos tinha música e tinha comida, e nisso até quem não conhecia o Fortunato veio ver do que se tratava a comoção toda. Não é todo dia que junta esse mar de gente por aqui. Tinha gente que achava que a colônia estava celebrando alguma data cívica lá da Terra ou então planejando insurgência contra o governo, imagina isso!

Insurgência com bandinha de música e café com fritura? Bom, já vi coisas mais improváveis. Mas isso a senhora não precisa colocar no texto, não!

Claro que teve o mané reclamando que a gente estava perdendo dia de trabalho por causa dum "vagabundo espacial", que trecheiro nem é gente, que onde já se viu gastar dinheiro do fundo funerário com alguém que nem colono era, que vivia zanzando da Terra às luas sem destino, sem nunca ter dado um centavo para o fundo funerário ou para qualquer outra coisa da colônia.

Te juro, senhora, não virei um soco na boca do infeliz porque minha esposa me impediu. Que hora mais inconveniente pra esse tipo de comentário! Tinha criança na assembleia, caramba. Que pensariam se ouvissem isso?

Mas ninguém nunca pensa nas crianças, assim como não pensam nos trecheiros, como se fossem gente. Porque o Fortunato era gente. A senhora sabe?, ele foi mais gente do que muito colono que conheci nesse espaço sideral. Falta de respeito, poxa...

3

Bom, numa dessas o pessoal foi lá falar na Administração pra liberarem logo o corpo. O dia já ia longe, o trabalho na lida chamava, e a multidão não diminuía nem um centímetro — enquanto não fossem dar o famoso último adeus, não iam arredar o pé. O pessoal era bem teimoso, não lhe disse?

E pior, a notícia ia espalhando e dá-lhe gente chegando. Onde mais o Fortunato tinha trabalhado, meu Deus? Tinha gente vindo de Nouvelle Marseille, e isso é na puta que pariu do outro lado da rotação da Terra! Não, sério, imagine minha cara quando apareceu aquele bando de gente falando francês na porta da assembleia, querendo saber se era ali o funeral do "Fortunatô". Como eles se entendiam? O cara mal falava português!

Era gente de restaurante, de fazenda, de albergue, até do templo budista espacial veio representante! E pior que você ia perguntar e, de fato, todo mundo conhecia o Fortunato, não tinham vindo pelo passeio, não.

Até por uma questão de organização de espaço, o chefe do Martim disse que tudo bem, iam liberar o corpo pra visitação pública pra ver se diminuía um pouco o volume de pessoas. Eles estavam preocupados com a multidão, a colônia não tem estrutura para esse tipo de movimento. Vai que dava algum troço no sistema de ventilação ou coisa assim, Deus me livre. Disse que qualquer coisa ele assumia a bucha, a gente só não podia fazer muita firula enquanto não confirmassem tudo lá com os terráqueos.

Aí começou o trabalho propriamente dito. Alguém foi providenciar o caixão no estoque, outro foi avisar pro pessoal que a gente ia arrumar a sala, a turma do café fez mais umas jarras de bebida, a criançada foi alimentada, que já tava mesmo na hora do almoço dos mais novos, e o maestro da bandinha foi organizar o grupo para começar a tocar. Como não tinha um pároco específico pra ocasião, os ditos responsáveis eclesiásticos se reuniram pra organizar uma bênção coletiva, respeitando o desejo do falecido de ter um funeral de caixão fechado.

Aqui nas colônias, não temos o costume de colocar flor no caixão. É melhor a senhora explicar depois lá pro seu pessoal que isso é porque flor não se come, e a gente só planta o que dá pra comer — foi por isso que os terráqueos nos mandaram cá pra cima, no fim das contas, pra dar de comer pra eles. Então no fim das contas a coisa é simples...

Claro, né, "simples" no sentido mecânico: colocar um corpo em um caixão não é muito complicado. É o emocional que ferra tudo, né? Ver seu amigo em um caixão é aquele momento em que você confirma que acabou, que ele não tá só dormindo, que esse capítulo da tua vida terminou. E aí, minha cabeça meio que ficou girando. Sabe, o Fortunato estava aqui quando morreu minha mãe. Estava aqui quando precisei tocar a colheita sozinho pela primeira vez, e quando me casei com a terrestre que ele chamava de "a espanhola". É muita coisa que ele viveu comigo, e eu nem sabia de onde ele veio. Que louco, isso. Ele era parte da minha vida — parte da vida daquele tanto de colono lá fora, fazendo fila para dar adeus — e nunca deixou escapar um "A" sobre a vida interna dele.

Talvez fosse melhor assim? Eu preferia não saber, de boa. Se ele foi um assassino ou um maluco lá na caixa de minhoca, não era da minha conta.

Eu me repito isso para ver se me convenço, sabe?

E não falo só por mim. Pra toda aquela gente lá do outro lado da rua, esperando para dar adeus, ele foi um amigo, um mentor, um parente. E só quem tá aqui, longe da terra firme e perto das estrelas, é que sabe como são essas coisas. Colono não tem vida assentada, sabe? Nos tempos de antes, o governo mandava você cá pro alto e depois mandava te buscar quando e se achasse que devia. Não dava para pensar em criar raízes, e as raízes na terra de origem, você acabava perdendo mesmo que não quisesse. Depois de um tempo, o sotaque muda, os costumes mudam, e aí, mesmo que você se esforce…

Então, mesmo depois de tanto tempo, a gente se segura nos amigos porque é o que tem aqui no céu. A gente só conta com a gente. E toda família aqui tem caso de parente que cometeu crime lá na Terra e foi mandado pra cá pra cumprir pena. Sabe, não é assim um tabu. Quer dizer, até é, mas não é assim escandaloso.

Dava meu braço para não saber da vida do Fortunato. Mas, agora que sei, se a senhora perguntasse se preferia esquecer, acho que não saberia te responder. Esquecer seria apagá-lo de mim.

Enfim… a gente organizou tudo lá no hospital, era só atravessar a rua pra ir pra assembleia. Põe umas estacas no chão e umas cordas pra fazer uma fila ordenada, todo mundo faz as preces que quiser, amanhã já vem o cargueiro e acabou-se. Já estava tudo pronto, e com isso a tristeza toda enfim me desabou nos ombros e eu estava prestes a enfim lamentar como se deve...

E aí me aparece o Martim com notícias lá da Terra. Coitado, o moleque tava até sem fôlego, porque precisou atravessar a multidão correndo e ninguém sabia pra que lado eu tinha ido... Porque era comigo que ele queria falar, o administrador do evento.

Pra resumir: o Fortunato tinha sido registrado no banco de dados de pessoas desaparecidas, sim. E ele era casado. O Martim achou a esposa do cara e ela tava lá na tela da administração, querendo falar comigo.

Casado. O Fortunato. Tenho 33 anos, convivi com ele tantos anos, e o cara nunca me disse que era casado!

4

O nome da esposa do Fortunato era Almeria. Minha esposa me falou depois que isso é uma cidade na Espanha, no idioma dela colocam acento no final, por isso que se pronuncia desse jeito engraçado. Nome esquisito, mas isso a senhora por favor não coloca no texto, tá? É só um comentário.

Do que me lembro dela? A senhora pode achar engraçado, mas o que ficou na memória foi a cara de raiva dela no outro lado da tela, lá no escritório do Martim.

A ligação vinha de um lugar chamado Barbacena, acho que isso fica em Minas Gerais. Não sou bom de geografia terrestre, não me ensinaram isso na escola técnica. Ou se ensinaram, decerto que não aprendi. Depois, quando contei isso pros outros amigos, eles me disseram que fazia sentido, porque a voz do Fortunato tinha o sotaque da região. Se disseram, então disseram, eu mesmo não tenho conhecimento de causa para opinar.

Colono tem esse sotaque que a senhora está ouvindo, sabe? Não é algo que a senhora possa pregar num mapa. Mandaram gente de tudo que era canto cá pra cima, afinal de contas, nos tempos de antes. Tudo gente pobre, e gente pobre fala de vários jeitos diferentes. Ao contrário de gente rica, que parece que fala tudo igual...

Dona Almeria não era gente rica. Dava para ver pelo cenário atrás dela na tela. Disso eu lembro, vai entender. Acho que estava entre a sala e a cozinha, dava para ver o tanque de dessalinização de água e a fiação da rede de energia local passando pela janela. Por que raio que não me lembro da mulher, mas lembro da casa?

Pergunta tonta: queria ver de onde o Fortunato tinha vindo. Queria achar um pedaço dele naquelas paredes rosadas, naqueles retratos, em qualquer pedaço pixelado que conseguisse ver na tela.

Não que fosse fazer a menor diferença agora que ele estava morto, mas... Sabe que fico pensando se ele tinha sotaque? Tento me lembrar da voz dele, mas ele não soava como dona Almeria. Nem como meu pai, que era nascido na Terra...

Eu te disse, senhora: a cabeça da gente enche de ar quente numa hora dessas. Daí fica pensando nesse monte de asneira.

Tipo assim, se você me pedir para descrever dona Almeria agora, de cabeça, eu não ia conseguir. Acho que ela tinha a idade da minha mãe. Lembro das olheiras no rosto dela, mas não lembro da cor dos olhos. Sei que ela era de pele escura, como minha mãe era também.

Do resto, lembro mais da raiva na voz.

Raiva.

Nada de tristeza, nada de indignação ou confusão, aquela coisa toda de querer crer de toda forma que o Fortunato do qual estavam falando era outra pessoa, que tinha sido um engano. O que vi na tela do computador foi raiva mesmo, daquelas de xingar tudo e todos, raiva de deixar o rosto vermelho.

Não raiva pelo Fortunato ter morrido, isso deu para notar pelo modo que ela me olhava. Era raiva de ter sido acordada para ser informada da morte do sujeito!

Foi quando percebi que a coisa ia acabar mal. Como era possível que um homem como Fortunato pudesse causar aquele tipo de reação em alguém? Ele, que não fazia mal para ninguém?

— Já faz mais de vinte anos que ele não pisa aqui, nem imaginava que ele tinha deixado meu nome como contato.

— Ele não deixou, a gente achou seu nome no registro de desaparecidos.

— Mas nunca registrei o Fortunato como desaparecido!

— Bom, minha senhora, alguém colocou o nome dele no registro. E como a senhora é esposa dele, esse foi o primeiro nome que a polícia nos passou — Martim interrompeu a conversa. — Foi só por isso que entramos em contato.

— Deve ter sido coisa da minha filha, isso. Só pode ter sido. — O resmungo foi tão amargo que doeu em mim. O Martim se encolheu de medo de novo, coitado dele.

— O Fortunato tinha filhos?! — Eu sei que não foi muito educado da minha parte, eu sei. Mas se a senhora estivesse no meu lugar, aposto que iria reagir do mesmo jeito.

— De minha parte, moço, não precisa de plural. Comigo, ele só teve uma filha.

— E quantos anos ela tem?

— Vinte e três.

Juro que quase caí no chão, tamanho o meu susto. E aí me pus a fazer matemática para ver se as contas faziam sentido. Como lhe disse, tenho trinta e três anos, veja a senhora. Era criança quando Fortunato veio pela primeira vez para as plantações do meu pai.

E ele já tinha uma filha.

Veja a senhora se faz algum sentido para a senhora, porque para mim...

Eu devia ter perguntado o nome dela, ou pelo menos perguntar como foi que ela colocou o nome do Fortunato no registro de desaparecidos, ou o motivo dela ter feito isso, mas não deu tempo. Dona Almeria tinha raiva, sim, e também tinha pressa para resolver aquela coisa toda. Pressa em se livrar da gente, a senhora entende?

— Bom, acho melhor a gente ir logo com isso, não? — Ela fez um pouco de esforço para não soar tão irritada, provavelmente porque notou que o Martim estava assustado. De que adianta gritar com o moço que só estava fazendo o trabalho dele? Foi por isso que simpatizei com ela no fim das contas... — O Fortunato é meu marido. Ele foi meu marido, corrigindo. Quer dizer, a gente nunca se divorciou, então...

— Mas ele não voltou para casa — Martim disse.

— Isso. O nome completo dele é Fortunato José Maria dos Perdões. Morreu como, ele?

— Dormindo.

— Dormindo? Sério? Mas que coisa... — Dona Almeria respirou fundo aí. Ela percebeu a gravidade da situação, acho.

— É, dormindo no espaçoporto.

— Mas... Mas não tinha ninguém para cuidar dele aí?

— Tipo família? Não tinha não, senhora. — Martim disse.

— Então ele morreu na estrada.

— Dá pra dizer que sim.

— Então ele morreu como ele queria. Isso vai ter que servir de consolo pra vocês aí em cima. Vocês precisam do quê de mim?

— De informações sobre ele, pra dar baixa na papelada toda por aqui. — O Martim, coitado, estava tão assustado com aquela brabeza toda. — E da sua autorização para podermos despachar o corpo.

— Despachar pra onde?! Pra cá? O povo aí das luas não é cremado?

— Aí temos um problema. — eu disse, pra poupar o Martim. — O Fortunato não era daqui. Os documentos dele eram da Terra. Mas a senhora veja que ele deixou uma lista com seus últimos pedidos e…

— E ele pediu para vocês entrarem em contato comigo.

Queria ter mentido. Eu estava pronto para mentir, senhora, juro que estava. Fortunato ia entender. Pelo menos imagino que ele iria entender, sabe? Que eu estava prestando um conforto para a esposa dele, para a mãe da filha dele. Se ele gostava delas ou não, não sei e não tenho meio de saber, mas que me custava ser gentil?

Eu estava pronto para mentir, mas o tonto do Martim, não.

— Na verdade, ele não mencionou familiares no testamento. — o bocó disse, e a cara da dona Almeria fechou-se de novo.

— Ele disse que queria ser cremado, e pela gente aqui tudo bem, mas a senhora vai precisar autorizar o procedimento. — Eu me apressei para tentar consertar as coisas, porque senão, te juro, ia dar um safanão no Martim. — Do contrário, o governo não vai liberar o corpo e a gente vai ter um problema daqueles aqui.

— Pois autorizo tudo, meu filho. Porque, por mim, ele pode ser despachado num cinzeiro!

— Minha senhora… — eu comecei, e ela ergueu a mão para me interromper.

— Escuta, menino, eu não peguei teu nome.

— É Antônio.

— Escuta, Antônio. Não é pessoal, tá? Nada contra vocês aí, respeito muito o trabalho da sua gente aí nas colônias. Respeito mesmo. É que ele não é mais problema meu, e isso tem mais de vinte anos. Não tem nem sentido justo eu decidir o destino dele, você tá me entendendo? Ele não era mais nada meu tem tempo. Autorizo tudo, vocês façam como acharem melhor, ou como ele disse que queria. Não faço questão de que mandem as cinzas para cá, e acho que ele não iria querer isso, tampouco. Só não me aporrinhem mais com esse assunto. Tá bom? Do que vocês vão precisar?

Ela deu as informações para o Martim, e depois desligou a ligação sem se despedir.

E foi isso.

Te juro, fiquei com essa mesma cara que a senhora tá fazendo agora.

Imagine se der que, a essa altura, tinha bem umas cem pessoas lá na assembleia que vieram pra velar o Fortunato. Tenha uma noção de tamanho: se tem trezentas pessoas aqui em Bertha Lutz, é muito. Pros nossos padrões, a gente tinha uma multidão lá fora. Se eles tivessem ouvido aquela conversa, imagine a confusão que ia sair disso.

Claro que eu queria saber mais sobre o que tinha acontecido. Quando pensava no Fortunato que conheci, nas coisas que ele fazia e dizia, na música e no cuidado que ele tinha com tudo, como ele largou uma esposa? Uma família?

Como é que alguém larga isso tudo pra viver dormindo em esteira e cama de armar, de favor na casa dos outros?

Será que ele pensava na filha quando regia a bandinha de crianças lá na outra colônia? Ou quando se punha a conversar comigo na hora do jantar?

— Quando a filha dele registrou o Fortunato no banco de dados, Martim?

— Se o arquivo tá certo, dois anos atrás.

— Esse troço não faz sentido. O sujeito pega a estrada e demoram vinte anos para dar queixa do sumiço?

— Olhe, seu Antônio, longe de mim querer especular, mas... Sabe, às vezes... Casamento acaba, amor acaba, a pessoa decide ir viver por aí, acontece. Isso o tempo cura. Mas filho nunca se cura de partida de pai, sabe? Especialmente se não viu caixão nem sepultura ou urna de cremação. Enquanto não tem corpo pra enterrar, ainda tem esperança. Vai ver que foi isso.

Dava pra notar que o coitado falava de experiência própria, e achei melhor não esticar mais o assunto. Se a esposa tinha dado a autorização, ainda que tivesse sido de má vontade, então não tinha mais nada para discutir. A viúva do Fortunato decerto ia dar a informação para a filha e elas iam chorar o que era delas pra chorar em paz, certo?

É, grande ilusão a minha.

Mal pus o pé pra fora do prédio da administração, veio gente desesperada atrás de mim porque estavam ligando na assembleia direto da Terra. Uma "fulaninha lá", disseram, "querendo que a gente mande o Fortunato imediatamente lá pra caixa de minhoca".

— Me descreve a fulana, faz favor!

— Uma moça. Tem uns vinte e poucos anos. Diz que é filha do Fortunato. Você sabe dizer se o pessoal da administração...

Nem ouvi o resto da conversa. Entrei de novo no prédio, catei Martim pela gola da camiseta, e lá fomos os dois para a assembleia resolver o caroço.

5

A senhora me perdoe se não quero dar o nome da "fulaninha". De lembrar dela, já me dói o estômago... E tenho a ligeira impressão de que ela não autorizaria a publicação desta história, pelo menos não com o meu testemunho, assim, tão na cara dura.

Sabe, tenho um problema sério com os terráqueos. Sei que não é pra chamar de terráqueo, eles se ofendem, a senhora depois edita no texto. E, quer dizer, deixa explicar melhor, tenho um problema sério com um tipo específico de terráqueo: os que acham que a gente aqui em cima é escravo. Pra essa gente, colono é escravo que não apanha no tronco, disse uma vez pra minha esposa, e só assim ela entendeu. Tinha uma tia que era assim, sabe? Irmã do meu pai. O que ela pensava dele, que abandonou a Terra, e de mim, que nasci e me criei aqui na lua agrícola, não me atrevo a repetir de tão ofensivo que era. Não chorei quando ela morreu, é tudo o que posso te dizer.

Enfim. A fulaninha era a cara do Fortunato. Quero dizer, do Fortunato que me lembrava da infância: o mesmo cabelo preto, o mesmo nariz, o mesmo jeito de falar mexendo as mãos.

A diferença era que o Fortunato nunca falou alto — pode perguntar pra qualquer um aqui em Bertha Lutz —, e a moça lá estava aos berros no telecomunicador, um bando de gente ao redor da tela tentando acalmar ou pelo menos entender o que estava acontecendo.

De novo, fui prestar atenção no cenário e não na pessoa. A casa era melhorzinha, mas parecia mais velha do que a casa da dona Almeria. Uma decoração mais antiquada, acho. Uma luz meio esquisita vindo do teto. Depois que descobri o porquê disso tudo, mas na hora não dava para ficar fazendo muita filosofia ou análise. A mulher estava aos berros e não era de dor nem de tristeza.

— Você que é o chefe? — ela disse quando me aproximei. — Você é o mandachuva? Trate de colocar meu pai no cargueiro imediatamente, você ouviu? Imediatamente! Ele não vai ser cremado aí! Ele tem família!

— Minha senhora... — Juro que tentei ser polido, juro mesmo. Tá todo mundo de prova, pode perguntar.

— Que "minha senhora", que nada. Não quero saber de conversa com selenita. Devolvam o corpo do meu pai intacto! Precisamos dar os ritos corretos, Deus me livre de dar pra ele destino de refugo.

— Um minuto, por favor! A senhora é filha do Fortunato, é isso?

— Sim, sou a única filha dele.

Ela disse isso com um orgulho que me pegou no contrapé. Porque é isso, não é? Existem orgulhos e orgulhos: os da gente viva e os da gente morta. Ter orgulho de gente morta é fácil. É o orgulho que os terráqueos têm dos parentes que vieram pra cá "alimentar nossa nação" e morreram longe dos seus. Orgulho de uma história que foi vivida muito tempo antes e que não trouxe sofrimento algum para a pessoa que se vangloria do fato.

Orgulho de gente viva — de dizer para os amigos lá na caixa de minhoca que você é parente de selenita, tudo bruto e tarado como eles dizem que nós somos —, isso pouca gente tem.

E te garanto, senhora, pelos olhos dos meus filhos, nunca vi uma pessoa dizer pra mim que tinha orgulho de parente trecheiro.

Colono, mal ou bem, tem um endereço fixo, sabe? Tem uma função importante na sociedade. A pessoa pode não gostar da gente, mas gosta de comer o que a gente planta aqui... Mas e o trecheiro? Trecheiro vive de canto em canto, pegando carona em nave, andando pela estrada sem dar satisfação de seus atos. Se a gente é bruto, imagine eles.

A voz daquela moça lá dizia para a gente que o orgulho dela era orgulho de gente morta. Pior: o orgulho estúpido dos seguidores de algum mártir desconhecido, o que é pior ainda. E a gente aqui em Bertha Lutz era o inimigo que ela precisava derrotar para recuperar a dignidade desse mártir imaginário aí.

Imagine, pois, a confusão toda armada: um monte de gente assistindo a gritaria na sala, e eu ali sentado de frente para o telecomunicador sem saber o que fazer. Sou um agricultor, senhora, não fui treinado pra lidar com esse tipo de coisa lá na escola técnica!

— A senhora Almeria é sua mãe?
— Sim, e o que tem ela?
— Ela autorizou a cremação.
— Pois eu desautorizo.
— Desculpa, mas não dá — Martim levantou a mão. — Ela é a responsável legal e...
— Estou dizendo que desautorizo! Eu é que sabia do meu pai. Eu que coloquei o nome dele no banco de

desaparecidos. Eu que cuidei dele. Minha mãe não tem nada a ver com ele. Nunca teve. Ela o largou pra morrer, então eu que sou a responsável. Mandem o corpo pra cá duma vez, eu vou cuidar dele. Por que ligaram para ela, se fui eu que coloquei o nome dele na lista de desaparecidos? No que dependesse só dela...

— A senhorita colocou o nome dele na lista por quê?

— Mas que tipo de pergunta é essa? Ele é meu pai. Ele sumiu. O que deveria ter feito? Que pergunta imbecil! Vocês vão devolver o corpo do meu pai.

— Mas a responsável...

— A responsável sou eu. Eu que coloquei o nome dele na lista. Eu que procurei por ele. Eu que vou ter que cuidar dele.

Martim me olhou como se perguntasse o que fazer. Aliás, não só ele: a sala inteira estava de olho em mim nessa hora. Que constrangedor! E eu ali perdido que nem um dois de paus, como dizia justamente o Fortunato, sem saber o que fazia.

Aí fiz o que fiz. Coloquei a chamada no mudo e virei pro Martim:

— E aí? Que diz a lei?

— Não faço a menor ideia.

— Se você não tem ideia, que dirá eu! Que é que respondo? Corre lá perguntar pro seu chefe, antes que a moça tenha um aneurisma!

Lá foi o Martim consultar o chefe dele, tropeçando nas pernas enquanto os outros abriam a porta para ele. Lá vieram os companheiros presentes na sala dando palpite. Lá seguia a fulaninha gritando do outro lado da tela. Acho que ela não percebeu que a tela estava muda.

E lá estava eu, suando frio naquela sala cinzenta e sem janelas, pensando naquele monte de gente esperando na frente da assembleia, e no cargueiro que estava vindo para buscar o caixão, e na minha esposa e nos meus meninos que não via desde cedo... Pensando principalmente no quanto não esperava nada disso vindo do Fortunato.

De todas as coisas do mundo, justo isso? Era pra ser um funeral com umas dez pessoas, caramba. A senhora entende? Não era pra ter sido assim.

Voltou o Martim com um tablet na mão, e o tablet quase me desabou no colo. Ordens do chefe do chefe dele, aparentemente. Até hoje não sei quem foi que ditou aquelas frases, e pra te ser sincero nem sei se importa no grande estado dos acontecimentos...

A ordem era bem simples: se querem enterrar, tá bem, enterrem, mas que sigam o protocolo. Era preferível até, disse o chefe do chefe: melhor entregar um corpo inteiro para os terrestres, e daí se lá embaixo dona Almeria decide que vai seguir o último pedido do Fortunato, ela pode mandar cremar por lá mesmo. Como disse antes, né? Não dá para transformar cinza em osso...

— Então?

— Então é isso. — Martim me disse. — Liga aí o som de novo.

— Você fala ou eu falo?

— Esse é meu trabalho.

— Aposto que não tá gostando muito dele agora.

— Cê acha? — E com isso, o Martim apertou o botão.

— Senhorita? Podemos conversar? Se quer mesmo enterrar seu pai, entendemos a questão. Poderia, por favor, nos passar seus dados bancários?

— Mas pra quê vocês precisam disso?!

— Pra emitir a nota de cobrança para o traslado.

— Desculpa, vocês vão me pagar pelo funeral?

— Não, senhorita. Se quer que a gente despache o corpo aí para a Terra, a senhorita é quem precisa arcar com as despesas.

— Mas que palhaçada é essa agora? O governo não paga pra mandar os colonos pro cemitério?

— O senhor Fortunato não era colono, senhora. Ele morreu em trânsito, oficialmente falando. — Martim estava tremendo, mas preciso dizer, ô homem de coragem!

— E pra despachar o corpo de um cidadão terrestre pra enterro, precisa pagar as taxas — acrescentei.

— Mas não tenho dinheiro! — Meu Deus, senhora, será que aquela fulaninha não ficava com dor na garganta de tanto que gritava? Juro que me pergunto isso.

— Aí não posso fazer nada. — Martim ergueu o queixo. — As ordens que eu tenho são essas.

— Mas se ele não era colono, por que vão mandá-lo pro incinerador? Vocês não podem transformar meu pai em lixo espacial como se ele fosse selenita!

Pra que ela foi falar isso? O pessoal na sala só faltou jogar um sapato na tela. Precisei colocar a ligação no mudo de novo e mandar todo mundo ficar quieto. Onde já se viu?

Claro que fiquei ofendido, e muito. "Selenita" é o diabo que pôs o mundo nesse estado, pra não xingar de outra coisa. Mas naquela hora eu era o tal "mandachuva", não era? Era o organizador do funeral. Pelo amor de Deus, né, a gente precisava dum mínimo de compostura. Quando os ânimos se acalmaram de novo, liguei o som.

— Minha senhora, — fiz o melhor possível para soar como se fosse um profissional do ramo e não um agricultor que tinha caído da cama com uma notícia ruim e que estava tentando tão somente chegar no fim do dia sem agredir ninguém — um pouco mais de respeito, faz favor? A gente não é "selenita", a gente é colono. É favor não nos ofender. E seu pai era muito querido aqui. Tem gente vindo de muitos lugares para se despedir dele. Ninguém vai transformá-lo em "lixo espacial". Ele pediu por um funeral de colono, e nós estamos...

— Escuta aqui, seu corno, eu vou chamar a polícia. Isso é crime! Onde já se viu? Que mentira deslavada é essa? Meu pai era gente decente e vai ter um funeral decente! Tratem de devolver o cadáver do meu pai ou vocês vão ver só as consequências.

E ela desligou a tela na nossa fuça. Acredita nisso? Olhei pro Martim e ele estava com a boca aberta que parecia uma caricatura. Acho que ele nunca tinha enfrentado uma coisa dessas antes. Coitado dele...

6

Para todos os efeitos, a gente seguiu com o programa anterior, até porque se fosse cancelar o evento àquela altura, era capaz de dar um rebu do cacete no meio da praça — perdão a minha falta de educação. Sabe como é, multidão não pensa, né? Se fosse lá na frente falar "olha, gente, visitação ao esquife suspensa por ordens da administração", capaz de carregarem o caixão pra longe pra continuar com o funeral em outro canto.

Foi o que falei pro Martim. Isso aí que te disse, senhora, disse pra ele. Isso de invadirem o funeral e levarem o caixão pra longe já aconteceu uma vez — faz tempo, quando a colônia era nova, e dizem que o corpo até hoje tá flutuando na órbita lá fora. Mas isso é história pra outro dia. O morto dessa outra história era odiado, e não vale muito a pena lembrar dele...

O Martim disse que ia falar com o chefe dele. Até lá, a gente tinha que fingir que tudo estava seguindo de acordo com o plano.

Tá bom, então, né? Mandam fazer, eu faço, que não sou nem besta. Saí daquela sala abafada, fui pra fora do prédio e tratei de fingir que não tinham me xingado de ladrão de cadáver e de lunático...

Nisso, a senhora precisava ver a organização do pessoal. O funeral já tinha virado um evento cultural, imagine isso. A bandinha se apresentou novamente lá na frente da assembleia a pedidos do público, depois foi um grupo de violeiros terrestres que estava excursionando pelo sistema de luas agrícolas e foi convidado por alguém do fundo do funeral para fazer uma homenagem porque o Fortunato gostava dessas músicas clássicas. Depois veio uma cantora de Nova Cariacica cantar com os violeiros, e parece que depois disso o pessoal das preces ia fazer uma cerimônia ecumênica em campo aberto.

Foi bem bonito, sabe? Fortunato teria ficado feliz com a comoção toda, ou pelo menos eu acho que ele teria ficado bem feliz. O pessoal do café fez mais umas frituras pros visitantes, o pessoal da escola técnica trouxe mais uns comes e bebes também, o pessoal foi ajudando como dava. Foi o lanche coletivo mais triste que já vi, e ao mesmo tempo um dos mais interessantes porque quem não se conhecia foi se juntando, e daí o pessoal foi puxando papo e daí logo surgiam umas amizades, ou pelo menos uma maneira de consolar a tristeza. Sabe, como um velório costuma ser. Velórios são para os vivos, dizia minha mãe: é para a gente chorar em paz e celebrar em paz quando possível.

Depois de um tempo, chegou o Martim com a papelada eletrônica lá naquele tablet dele: ordens da chefia da chefia da chefia, mandando seguir com a visitação ao esquife pra ver se diminuía um pouco a movimentação dentro da colônia, que a multidão já estava começando a comprometer nossos sistemas de ar. Pense numa coisa perigosa, senhora.

E assim foi feito: abrimos o espaço para visitação do caixão (bem fechado!), pelo menos pra diminuir o tanto de gente na área.

E aí teve uma coisa engraçada. A gente por aqui não enfeita o caixão com flor, mas isso não significa que o pessoal não trouxe umas lembrancinhas para colocar na sala do funeral. Só que a quantidade de lembrancinhas era equivalente ao tanto de gente que veio se despedir. Ou seja: uma hora de salão aberto e quase que não dava pra ver o caixão debaixo de tanta coisa que o pessoal deixou.

Tinha bandeira do Vasco da Gama, tinha bilhetinho e desenhos feitos pelas crianças da banda, tinha partitura de música, dobradura, uns três rosários, cartas variadas... Tinha até um pente! Te juro que não entendi essa. Tava em cima do caixão, bem no centro, não é como se o cara tivesse deixado cair do bolso.

Olhe, senhora, não sei se vai entrar no texto, é meio bobo, mas a senhora sabe que só comecei a chorar mesmo quando vi esse bendito pente?! Tanta coisa que me passou pela cabeça naquela hora. Lembrei do meu pai se queixando que estava ficando careca — e de fato, ele morreu com a cabeça lisa que nem tampo de mesa. Lembrei do Fortunato que reclamava do cabelo dele, que os cachos ficavam apontando para cima "que nem antena", e eu criança ficava rindo que nem tonto imaginando o Fortunato captando ondas de rádio com o cabelo, e a música saindo pelas orelhas. O tipo de coisa que só criança imagina, e me senti tão abandonado naquela hora porque não era mais criança, e porque não tinha mais meu amigo para falar essas coisas todas.

Sim, claro que não foi só emoção e pentes. Se tivesse sido, a senhora não estaria aqui para recolher meu testemunho, não?

Quem estava na assembleia na hora que a fulana filha do Fortunato ligou espalhou a história toda da gritaria e, te juro, não deu meia hora pro disse-que-disse pegar fogo do lado de fora da assembleia. Como assim, a filha do Fortunato chamou a gente — a gente! — de selenita? Mas olha a falta de respeito! Ainda bem que o povo cá de cima não bebe álcool assim em evento aberto; se tivesse um litro de vodca de batata, daquelas que os adolescentes cozinham no fundo de casa e levam pras festas das escolas técnicas... Não que ninguém vá admitir que já aprontou uma dessas... Enfim, tivesse um litro disso envolvido aí no meio, capaz de tacarem fogo em alguma coisa.

    Se eu acalmei os ânimos? Não, senhora. Numa dessas, eu estava cansado demais até para pensar no assunto. O pessoal falou o que quis falar, não me movi para defender ou pra censurar. Eles têm direito à opinião deles, não têm? Como a fulaninha tinha direito à opinião dela... E, pomba, só queria mesmo ficar quieto no meu canto e velar meu amigo. Será que iam me deixar em paz?

    Martim era outro que estava bem cansado dessa batalha toda. Lembro que, no meio da tarde, teve uma hora que a gente parou para ver a segunda apresentação dos violeiros, acompanhando a movimentação do pessoal de canto de olho, checando quem seguia pro espaçoporto e quem ia ficando para ouvir a música e comer mais alguma coisa. Acho que foi a única folga que conseguimos nessa zoeira. Num dia normal, acho que até daria pra apreciar melhor a música. Era do tipo que meus avós ouviam lá na Terra, meu pai às vezes assobiava no trabalho. As coisas que a gente vai lembrando...

    — Seu Antônio, a gente não pode usar o dinheiro do fundo mutual para mandar o Fortunato lá pra terra dele? — Martim me perguntou. — Assim, a moça lá não precisava gritar tanto... Era um favor que a gente fazia pra todo mundo.

— Poder, a gente até podia, não ia ser a primeira vez. Mas depois desse escândalo todo? Capaz dos camaradas me lincharem se eu sugerir... Se ela não tivesse xingado todo mundo de selenita, até dava para propor...

— É, mas a coitada devia estar transtornada, também. Tem que pensar por esse lado. A gente não sabe o que ela tá passando...

— Martim, não foi você quem disse que precisa seguir a lei?

— Sim, mas também tenho que pensar no lado das famílias. A gente não estava esperando isso tudo, imagine elas que não viam o cara há tanto tempo. Vinte anos sem notícias e de repente são informadas de que ele morreu e vai ser cremado, fim de história? Acho que dá para pensar numa maneira de seguir a lei e confortar um pouco a filha do seu Fortunato.

— Olhe, pode ser. Mas tem uma questão aí. Os camaradas até me deixariam usar o fundo pra mandar o Fortunato ser enterrado lá na Terra. Pra te ser honesto, eu mesmo não me incomodo com isso. Mas o cara pediu por escrito pra ser cremado. Tem testemunha e tudo, o documento foi anexado lá nos troços todos que você mandou pra administração da Terra. Quem sou eu pra negar esse último desejo? E tem a questão da esposa, também... Oficialmente falando, a última palavra é dela. E ela disse que autorizava cremar. Então... Como é que faço?

— Ah, caramba — o pobre do Martim sentou-se no primeiro banco que achou livre —, é, tem isso, ainda por cima. Não queria falar com ela de novo, não.

— Mas precisa falar?

— Pelo menos para confirmar tudo. A moça lá grita e grita, mas quem assina a certidão não é ela, né?

— Dona Almeria não pareceu se importar muito com o destino que a gente desse pro Fortunato, é bem verdade. Então...

— "Não se importar" não é a mesma coisa que autorizar. Como dizia um professor meu, "tanto faz" não consta oficialmente nas opções de resposta dos formulários. Mas daí a querer falar com a mulher de novo...

— Quer que eu fale?

— O senhor faria isso mesmo?

A cara que o sujeito me fez! A senhora precisava ter visto. Parecia criança pidona, tenho problema com criança pidona. Minha esposa diz que meu coração é mais mole do que caqui maduro. Depende de quem aperta, é o que sempre respondo para ela. Nesse caso, tá bem, não queria mesmo ficar na assembleia, então fui ligar lá para a Terra no escritório do Martim.

De lá, dava para ouvir a bandinha tocando de novo e sendo aplaudida. Dava para ver também o pessoal voltando para o espaçoporto com aquela cara de enterro, sabe? Não com lágrimas nos olhos, mas com aquele muxoxo triste de quem não veio a passeio.

E tinha uns camaradas só no cochicho pelos cantos, aposto que falando mal da filha do Fortunato. Ouvi uma senhora falando para as amigas que "o problema da juventude lá da Terra é que eles pensam que mandam em todo mundo. Deviam vir quebrar pedra aqui debaixo do toldo espacial para ver como é"... O velho discurso de sempre, minha mãe também falava isso. Ela achava o povo da terra firme meio molenga. Pra senhora ver que nós também temos os nossos problemas, né? Para não dizer outra coisa menos polida.

Enfim, lá estava no escritório do Martim ligando para dona Almeria, e não deu pra não reparar no lugar. O rapaz deixava a mesa dele bem arrumada, papai diria que era um primor. Deu pra sacar só pelo jeito que os documentos estavam na mesa que ele não estudou em Escola Técnica Agrícola, que nem eu. Provavelmente veio de alguma Escola de Aplicação lá na Terra. Mas por que raios um sujeito de Escola de Aplicação iria querer vir trabalhar aqui, numa colônia agrícola sem nem um cinema ou teatro? Enfim, depois a senhora pergunta pra ele e me conta?

Dona Almeria atendeu a chamada até que rápido, com aquela mesma cara de brava de antes. Só que não era a braveza da outra ligação, aquela coisa de ter sido acordada com chamada falsa. Era uma braveza que arrancava lágrima, que deixava você com vontade de bater a cabeça dum fulano na parede pra ver se o sangue combinava com o resto da decoração, sabe? Braveza de quem teve o calo pisado com gosto.

O tipo de braveza, de desgosto que só filho causa em pai ou mãe, a senhora sacou?

— Minha filha ligou aí, né? — foi a primeira coisa que ela disse. Juro, antes mesmo do "boa tarde" e tal. Eu só assenti. — Não acredito que ela teve a coragem...

— A coragem e a falta de educação, se a senhora me permite aí o comentário.

— Ela foi grossa com vocês?

— Bastante.

— "Bastante" quanto? — Aí eu falei da questão do pagamento, dos xingamentos, do jeito como ela nos tratou. Não fiz questão de esconder nada. Por que deveria? Não fui eu que começou essa zona, caramba, e de mais a mais ninguém me pediu sigilo de coisa nenhuma. Dona Almeria me ouviu e depois só suspirou, chacoalhando a cabeça.

— Essa desgraçada. Sério que ela fez isso? Eu devia... Olhe... Antônio, né? Seu nome? — Assenti. — Olhe, Antônio, você... Você desculpe nossa conversa mais cedo, viu? É que falar do Fortunato... Olhe, você tem quantos anos?

— Trinta e três.

— Parece mais moço! Tem filhos?

— Tenho dois meninos.

— Moram aí contigo? Olhe, vou te dizer uma coisa, você tem idade para entender... Se tem filhos, então teve ou tem esposa. Vida de casal não é fácil. Você já deve saber. Nem sempre as opiniões coincidem. Eu e Fortunato... Não é que ele tenha sido ruim comigo. Ou eu com ele, apesar do que a minha filha possa dizer. Eu e ele, a gente não prestava como casal. É só isso. Tinha amor, mas não foi suficiente, não para vida toda. Ele quis viver a vida dele do jeito dele, e deixei que ele fosse embora. O que eu podia fazer, passar uma corrente no pé dele e prender no poste que nem cachorro? Quer dizer, você sabe o que é cachorro?

— Já vi umas fotos. — Eu ri um pouco. A gente não pode ter bicho aqui na colônia, sabe? Não criamos boi nem ovelha por aqui, não temos cachorro nem gato nem nada. Achei educado da parte dela perguntar. Ela queria mesmo que a gente se entendesse.

— Então, é isso. Essa terra aqui não era para ele. Ele quis ir embora para as estrelas. Não queria seguir com ele. E nem que quisesse seguir, não podia largar tudo por aqui. Tinha parente idoso aqui precisando de mim. Tinha minha filha pequena, não queria afastá-la dos avós. Ele entendeu o meu lado, e foi-se sozinho.

— Mas a sua filha...

— Ela não pensa assim — Dona Almeria me interrompeu. — Não pense que gosto ou concordo, mas não tem jeito de martelar senso dentro da cabeça daquela lá. Ela tá andando com umas pessoas meio... Como explico? O nome que eles se dão é "nova nata da Terra". Você sabe o que é?

Taí motivo pra não ter gostado da fulaninha, então. Já ouviu falar dessa gente aí, senhora? Eles me dão um pouco de medo, sabe? Esse grupo aí são um bando de gente que quer desativar as colônias agrícolas. Sabe, promover um retorno à tal "vida de antes", como se o planeta deles conseguisse dar conta disso... É todo um troço meio retrógrado, sabe? Papel e caneta, arado com motor à combustão, educação com matérias segregadas e aluno sentado na cadeira o dia todo que nem bicho em gaiola.

A gente é tudo o que eles não gostam: um mundo inventado, pendurado no céu, movido a energia solar e de vento, onde as coisas são diferentes. É disso que eles falam quando chamam a gente de selenita, de lunático: é pra deixar claro que nós não somos como eles, que nunca seremos gente "de verdade".

Bom, isso é uma coisa. A questão que tem a ver com o caso é que uma das coisas que os caras lá falam muito é de dar aos mortos um enterro "de verdade", pondo caixão num buraco cavado no chão, como nos tempos de antes. Não vou te dizer que entendo, mas também não vou condenar o costume, né? Cada um vive como acha que deve, é minha opinião. Sei que eles não me estenderiam essa cortesia, mas aí é problema deles e não meu.

Quando a esposa do Fortunato disse isso, então entendi por que a filha dela estava desesperada para ter um caixão inteiro lá na cidade dela. Orgulho de mártir morto só se completa quando você cumpre com a profecia, né? E, para isso, ela precisava trazer o corpo do pai dela de volta para a terra firme, longe das mãos dos lunáticos que exploraram o coitado por anos a fio para seu próprio benefício.

Note bem que estou sendo irônico, por gentileza! Melhor deixar bem claro, senão vem algum camarada depois reclamar e aí pior a emenda que o soneto. Se bem que a fulaninha lá não parecia compreender a ideia de uma ironia. Enfim, opinião minha, não precisa colocar isso no texto final, não.

— Bom, dona Almeria, se querem dar pro Fortunato os famosos sete palmos... São sete ou seis?

— Sei não, menino. Nenhum parente meu foi enterrado antes, nem sei se tem permissão pra isso aqui na região. Não consigo lembrar de alguém que tenha sido enterrado aqui dessa maneira mais tradicional, honestamente.

— Vocês cremam sua gente, então?

— Pois é. Enterro tradicional é pra quem já tem o espaço próprio no cemitério, e isso custa dinheiro. E Fortunato nunca que ia querer esse destino!

— Sei disso. E quanto mais falo com a senhora, mais tenho certeza disso. Mas...

— "Mas" o quê, garoto? Que me lembre, ser esposa ganha de ser filha no truco da burocracia. E ela teria de pagar pelo traslado, não é? Do meu bolso é que isso não vai sair. Mal tenho dinheiro pra mim, que dirá pra esse troço todo.

— Os amigos no grupo de natas da Terra não pagariam?

— Quero ver me convencerem a mudar de opinião.

— Não é simples assim. Sua filha disse que ia chamar a polícia pra gente devolver o corpo, não sei se soube. Chamou a gente de bandido, praticamente, de sequestrador de caixão. Se a polícia dá ouvidos, vai ser um furdunço para mais de metro... E tem uma coisa, vou lhe ser bem sincero, se a senhora me permite. Os amigos dela podem até pagar, se quiserem. Normalmente, não daria a mínima. Mas seu

Fortunato deixou escrito que queria ser cremado, como é que faço? A senhora entende o meu lado? Ele era meu amigo. Não tenho coragem de negar isso para ele.

— Eu entendo, menino. Entendo bem mais do que você acha. — Dona Almeria suspirou. — Pobre do Fortunato. As coisas poderiam ter sido tão mais simples... Ele sempre quis viver aí como vocês, sabe? Entre as estrelas. Mas o governo não queria um homem só com um pulmão nas colônias, então ele foi recusado.

— Como assim, ele só tinha um pulmão?!

— Ele nunca contou? Perdeu o pulmão esquerdo ainda criança. Tuberculose, acredita? Coisa de maluco, pensar nisso. Uma doença tão antiga... E aí não deixaram ele se mudar. Ele não falava de outra coisa, me deixava maluca. Não tinha nada que o fizesse mudar de ideia... Tentou mentir no exame umas três vezes, quase que foi preso de tanto que arranjou briga com o departamento responsável. Ele não contou mesmo nada para vocês?

— Do jeito que ele trabalhava aqui, nunca que imaginaria isso.

— Para você ver, menino. Deve ter muita coisa que vocês sabem dele que eu nunca saberia. Me diz alguma coisa que ele fazia aí.

— Ele organizou uma banda com os guris duma outra colônia aqui perto.

— Uma *banda*! Com *crianças*!

— É... Ele tocava rabeca muito bem.

— Estamos falando da mesma pessoa?! O Fortunato daqui nunca teve a menor paciência com criança. E uma rabeca? Mesmo? De onde ele tirou isso, meu Deus?

Foi aí que a gente começou a conversar, sabe? Conversar de verdade, sem grito e sem ofensa, sem brabeza e nem nada.

Foi aí que entendi um pouco quem era o Fortunato José Maria dos Perdões que ela conheceu, e ela conheceu um pouco do Fortunato Poeira de Estrelas que fazia parte da minha vida.

    O Fortunato de dona Almeria era um homem triste, preso à Terra quando queria estar no céu, no futuro que se estampava no alto como uma nova lua. Filho de agricultor, neto de agricultor, gente de terra firme como meu pai e meu avô, mas com os olhos sempre voltados para o alto. Casou-se porque era o "certo", porque dona Almeria e ele se entendiam e melhor o demônio que você conhece do que aquele que é inédito, como dizia minha mãe. Muita gente se assenta numa dessas, ou pelo menos é o que me contam. Você arranja família e não pode mais se aventurar tanto.

    Mas as estrelas eram o destino dele — e se não o deixavam ser colono, o jeito era ser trecheiro: virar fora da lei sem direito a teto ou família por opção, contando apenas com a boa vontade de gente como meu pai aqui nas luas agrícolas.

    Se eu não acreditei muito no que ela me disse, imagine então que dona Almeria não acreditou no que ouviu de mim — em como Fortunato foi um pai, um mentor, um amigo para tanta gente aqui. Em como o funeral dele parou a colônia, em como a gente estava com dificuldade para administrar a bagunça toda, do caixão lotado de lembranças dos amigos que ficaram para trás, das lágrimas das crianças da bandinha e do pessoal que veio até de outras luas para se despedir. Não era a mesma pessoa, era? Mas era, sim, senhora. E estávamos os dois sofrendo justamente por causa disso: porque aqueles dois Fortunatos eram a mesma pessoa e nós não tivemos o prazer de conhecê-lo por completo enquanto ele ainda era vivo.

    — Imagino que a filha dele vai achar difícil acreditar nisso tudo — disse, lembrando do que Martim me falou mais cedo. — Que ele foi pai de estranhos aqui quando não foi um pai para ela. Quantos anos a menina tinha quando ele foi embora?

— Uns dois ou três anos quando ele partiu de vez.

— A idade do meu mais novo. — E gelei de medo. Imagine! O meu filho caçula ainda dorme chupando o dedo! Tem noite que ele vem dormir na minha cama, entre mim e a minha esposa, porque ficou com medo do escuro. Imagina deixar um tico de gente para trás! Meu Deus, de imaginar que o coitadinho iria procurar por mim na hora de dormir e não iria achar... Me quebra o coração mesmo hoje, senhora.

E o mais velho, então? Tem cinco anos, o guri, acabou de entrar na escola, tá aprendendo as primeiras letras agora. Ele vê tudo que é placa e se mete a tentar ler. Imagine, abandonar esses dois. Ou minha esposa, que tanto dá duro aqui, que deixou o país dela para viver aqui do meu lado na colônia.

Entendo que amor de casal às vezes acaba, mas... Deus me livre, deixar para trás os guris. Como o Fortunato teve coragem? As estrelas deviam ser mesmo bem tentadoras.

Um ano que se passou desde o diálogo, senhora, e sabe que ainda penso no assunto? E cada vez que penso, sinto o mesmo gelo dentro do meu peito. Nunca desejei algo a esse ponto, sabe? A ponto de largar tudo e todos, seguir como se tivesse sido enfeitiçado. Que poder tinha esse nosso céu para fazer um homem como Fortunato virar Poeira de Estrelas?

Quanto mais penso, menos entendo. Quão ruim deveria ser a terra dele para ele querer tanto assim um destino espremido debaixo de um domo artificial como o nosso? Para ele viver entre caronas e esteiras duras, enchendo os dedos de calo? Vivendo do conteúdo de uma mochila?

Nunca quis tanto assim nessa vida. Estou errado eu? Estava errado ele?

— Olhe, que posso te dizer? Fiz o meu melhor pra criar ela — Dona Almeria seguiu falando, e fui parar para ouvir melhor. — Não demonizei o Fortunato, ele só escolheu uma vida que não me comportava. Mas fez falta, né? Um pai sempre faz falta, digam o que digam. Fiz o que pude, mas não podia ser duas pessoas ao mesmo tempo. E os amigos nata-da-terra dela encheram a cabeça dela de bobagem, aí que a coisa degringolou de vez. Ela acredita que o pai sofreu lavagem cerebral. Pra trocar chão firme pelo domo de vocês aí, só assim, é o que aqueles caras lá dizem.

— Ela falou dele com orgulho.

— Vai na minha, menino, ela tinha vergonha do pai até outro dia. Quando perguntavam, dizia que ele tinha morrido para não ter que dizer que era trecheiro.

— Até aí, não é muito diferente de outros.

— Pois é. Aí ela encontrou esses caras aí e mudou o discurso. A morte faz a gente tomar umas decisões estranhas, sabe? Você tem idade pra entender isso. Quem fala que vive sem arrependimentos esconde alguma coisa em si. A gente quer rescrever a novela para ficar menos feio... mas a verdade é que ele era trecheiro, sim, e abandonou nós duas porque quis, sim. Fiz as pazes com isso. Quer dizer, fiz mais ou menos — se mandarem ele de volta pra cá num cinzeiro, vou achar bem feito, te disse isso e não me retrato. Mas ela é outra história. Ela foi procurar um jeito de se entender. E deu nisso.

— A senhora precisa falar com ela. Se ela chamar a polícia, vai ser uma bagunça. O pessoal aqui é esquentado, e a polícia da Terra nunca tá do nosso lado. Vão dar razão pra ela e aí a gente que acaba lascado.

— Podem te mandar para a cadeia?

— A senhora sabe como tratam colono. Um bom advogado e um bom argumento inventado e vamos todos presos. E não era isso que o Fortunato queria. Ele não deixou o nome de ninguém no testamento dele justamente para não causar esse constrangimento para vocês.

— Pra mim, você não precisa mentir, menino. Sei por que ele não deixou meu nome no papel. Foi pelo mesmo motivo que vocês aí não sabiam o nome dele de verdade. — dona Almeria respirou fundo antes de continuar. — Talvez a gente possa achar uma solução que funcione pra vocês e pra mim. Você parece um rapazinho razoável.

É, sou mesmo. O pessoal aqui que fala isso: sou a pessoa mais razoável que você vai conhecer em Bertha Lutz. Pago qualquer quantia pra não me enfiar em briga, não discuto política com quem pode me arrancar os dentes. Minha estratégia é sempre ir pelos cantos, sabe? Ao invés de me jogar no buraco e começar uma guerra. Tenho muito amor à minha vida e à vida das pessoas ao meu redor pra isso.

E aí é que está o problema também.

Acompanhe meu raciocínio pra ver se ele te faz sentido, senhora. No fim, é tudo culpa do amor.

Aquela fulaninha lá me dá dor de estômago, mas pensei em como devia ser triste não ter pai. Ou melhor, ter um pai, e ter que olhar para o céu toda noite e ver a lua artificial onde ele estava e de onde ele só descia mesmo quando não podia mais ficar. Porque se deixassem o Fortunato morar aqui de verdade, como um colono, aposto o que a senhora quiser que ele nunca mais iria nem pensar na terra firme, que dirá em dona Almeria ou na filha deles.

E eu entendo isso. Juro que entendo. Meu pai mesmo, ele olhava pro pontinho azul que é a Terra lá longe e pensava no pai dele, que o mandou pra cá pra ganhar dinheiro e sustentar a família que ficou lá embaixo — meu pai foi pra Escola Técnica Agrícola Neusa Amato aos dez anos de idade e só voltou pra Terra aos dezenove, e só pra dizer que ia ficar de vez na lua artificial, onde ele fez a vida dele. Meu pai queria amor e não encontrou onde as pessoas em geral encontram essas coisas, daí que ele decidiu ficar onde tinham amor por ele.

E o pai dele?

Imagine a senhora que o sujeito nunca, nunca veio cá pra cima? Nunca veio visitar? Meu pai era tipo bicho de lida para eles, escravo das vontades da família. Quando ele decretou a própria alforria, ele foi abandonado pela gente de terra firme. Se não ia mais trabalhar pra pagar os luxos deles lá embaixo, que utilidade ele tinha?

Meu pai sentia falta de família, por isso se agarrou a mim e à minha mãe. Como me agarro à minha esposa e aos meus filhos, sabe? Porque terra muda de dono, lei muda de ordem, o chefe muda de ideia... Nada é nosso pra sempre, exceto o amor. Quando você encontra amor, quando te dão amor, agarre-se a ele porque é o que tem de mais profundo na sua vida.

Vai vendo, senhora: tem uma coisa que os dois Fortunatos tinham em comum... O amor que ele tinha era todo pras estrelas. Todo, todo o amor era pra estrada, não sobrou nada para os outros. Nem para mim, nem para as pessoas que ele foi encontrando, nem para a filha ou para a esposa. Ele deixou traços dele pra trás, como todo mundo deixa, mas nada muito fixo.

No fim, ele era mesmo Poeira de Estrelas, fiel ao apelido — e caramba, senhora, como isso dói!

7

Acabou que eu e dona Almeria chegamos num acordo. A gente usaria o dinheiro do fundo mutual para despachar o corpo do Fortunato lá pra Terra, contanto que a família dele lá embaixo seguisse as últimas vontades do falecido. Eles poderiam enterrar a urna com as cinzas, não poderiam? Já vi muita família de colono fazer isso. Me pareceu bem razoável — não dá pra ter tudo, né? Eles teriam um funeral, mas depois disso tinham que fazer como queria o falecido.

Dona Almeria disse que tinha um lugar na cidade que recebia as urnas funerárias, dava até pra colocar flor e enfeite como é o costume lá do povo. Então acho que isso resolvia tudo. Era um bom plano. Não era perfeito, mas era melhor do que ficar batendo cabeça que nem um bando de tonto...

Dona Almeria ficou de falar com a filha, e fiquei de falar com o Martim para organizar o troço todo de maneira que não causasse mais problema na assembleia ou na administração. Até porque o pessoal já tinha começado a voltar para casa, já tinha gente recolhendo os panelões e as jarras de café... Tudo estava numa relativa tranquilidade, não precisávamos agitar tudo de novo.

Martim disse que, tecnicamente, ou enterrava ou cremava, as duas coisas não davam para fazer — mas ele e o chefe dariam um jeito de disfarçar isso, contanto que o corpo do Fortunato fosse despachado no cargueiro como planejado. Se tivesse que adiantar ou adiar o processo... Sabe, cargueiro com capacidade de carregar cadáver não vem todo dia pra cá... Aí o pessoal ia perceber que tinha alguma coisa errada no processo e, bom, vai vendo...

E, cá entre nós, não coloca isso na história, mas... Pensa comigo uma coisa. O pessoal lá na Terra nunca ia acreditar se a gente explicasse tudo. Quer dizer, onde já se viu trecheiro com testamento? Trecheiro tendo vontades?! E colono querendo cumprir vontade de trecheiro? Dá até pra ouvi-los resmungar daqui, dá não?

Mas não seria justo eu quem ia querer confirmar essa história. Aposto que a senhora, se estivesse no meu lugar, também não iria querer, certo?

Com esse acordo aí assentado, achei que tínhamos enfim chegado ao final da narrativa, ou pelo menos o começo de um fim. Martim foi falar com o pessoal do espaçoporto para confirmar a chegada do cargueiro, e fui acalmar um pouco os ânimos do pessoal que tinha ficado lá na assembleia.

Isso porque algum espírito de minhoca espalhou que a filha do Fortunato mandou a polícia fechar a assembleia, imagina a senhora. Outra lá jurava que os caras lá, os tais natas que tanto reclamavam, tinham mandado subir uma nave pra buscar o corpo — como ela sabia que a fulaninha lá era do movimento?

Pela roupa, ela me disse depois. Nunca que ia reparar nesse detalhe. Mas parece que os tais dos natas se vestem de um jeito diferente dos outros habitantes da Terra. Alguma coisa a ver com fibras naturais... Algodão? Acho? Perguntei depois pra minha esposa, que cresceu lá pra baixo, e ela disse que pode ser algodão ou linho, que nunca vi na frente.

Enfim, foco, né? Foco. Lá fui eu explicar que a gente — eu mais Martim e mais o chefe do Martim, que até agora não tinha saído da sala dele e tudo bem, ele tinha bem mais pra fazer do que ficar cuidando da gente e desse funeral — tava falando com a família do falecido, que ninguém ia abrir caixão lá na Terra nem nada.

Quando expliquei o que eu e dona Almeria tínhamos organizado, o pessoal até que acalmou um pouco. Não muito, mas o suficiente pra pelo menos não me ameaçarem tacar fogo na praça. Martim voltou com a confirmação de que o cargueiro chegaria em 36 horas, mais ou menos, e que só estavam esperando mesmo a assinatura eletrônica de dona Almeria pra fechar o caso.

E por que raio que ela não assinou a documentação depois que falou comigo?

Fui descobrir dali uma hora, da pior maneira possível.

8

— Quem de vocês é o Antônio do fundo de funeral?

Quem perguntou foi o chefe do Martim, um camarada alto pra caramba, careca de tudo, que entrou na assembleia como se a bunda dele estivesse em chamas. Numa dessas, que é que você faz? Levantei a mão e me apresentei. Tava tomando um lanche... Vai vendo, não tinha comido nada desde a hora que acharam o Fortunato lá no espaçoporto. Veja a senhora que, não fosse dois camaradas lá de Doutor Sócrates literalmente me sentarem num canto e me darem um prato de fritura doce e uma caneca de café com leite, sabe-se lá que horas que ia comer alguma coisa!

E tive que largar a fritura pra atender o graúdo, que tenho amor à minha vida... Deus entre as estrelas, te juro que a vontade era de jogar o prato na cabeça do sujeito. Pode até colocar isso no texto, se quiser. Como disse dona Almeria, não me arrependo do que pensei. O sujeito, aposto, vai entender quando ler esse testemunho. Capaz até de rir.

— Perdão de interromper, mas...

— Dona Almeria deu pra trás?

— É a filha dela, na verdade.

— Ah, ela achou seu contato?
— Achou. Escute, ela quer falar contigo, não comigo. Você é o "mandachuva", não eu.

Até ia corrigir, mas só terminei de comer minha fritura e tomar o café, e pedi por caridade que alguém transferisse a chamada pra alguma tela na assembleia, porque meus pés estavam inchados e eu tava cansado demais de ficar andando dum lado pro outro.

Devo ter feito a maior cara de triste já vista nessa lua artificial, pois não é que me atenderam o pedido? Passaram a ligação pra sala ao lado do local onde estava o caixão.

Agora que a minha colega lá tinha falado da roupa, foi a primeira coisa que reparei quando apareceu a imagem da dita filha do Fortunato na tela. De fato, era um vestido bem desbotado, amassado, com muitos anos de uso, mas ela usava tudo com um ar bonito, sabe? Era uma coisa bem digna, na falta de palavra melhor. Nisso lembrava muito a mochila do Fortunato, com as roupas dele todas certinhas e limpinhas, tudo passado e cheirando a sabão. Ela ser a cara do Fortunato não me deixou tão moído por dentro quanto perceber a semelhança no trajar deles dois.

— Minha mãe disse que vocês propuseram um acordo — foi a primeira coisa que ela disse. O que esses terráqueos têm contra cumprimentar as pessoas antes de começar a falar, hein? Pelo menos ela não estava gritando dessa vez...
— Vocês só podem estar de brincadeira.
— Foi sua mãe quem propôs que...
— Vocês vão lavar o cérebro dela que nem lavaram o cérebro do meu pai, é isso? Vão convencê-la a adotar seus métodos desumanos?
— Senhorita, pelo amor de Deus, não vamos começar de novo...

— Olha aqui, quero o corpo do meu pai. E quero ele inteiro. Você me entendeu? Se vão pagar para queimá-lo na fornalha como se ele fosse lixo, podem pagar para mandá-lo íntegro de volta à pátria dele.

— Minha senhora, isso vai contra as ordens governamentais — Martim tentou intervir.

— Pois não sabe que o governo está errado?! Meu pai era um ser humano! Ele não vai ser tratado que nem refugo!

— Nós todos aqui somos tão humanos quanto a senhora, — respondi — e todo mundo aqui é cremado quando morre. Por que a senhora quer tanto ir contra a decisão de seu pai? Ele pediu um funeral de colono. E sua mãe...

— Aquela mulher o expulsou de casa e o pôs nessa vida miserável que ele vivia, e nunca levantou uma palha para trazê-lo de volta para o seio dos seus! Ouviram? Nem uma palha! Ela não pode ter a última palavra! Não pode! Ela nunca o amou, nunca o quis, nunca procurou saber dele. Se eu não fosse atrás dele...

— A senhorita chegou a encontrá-lo alguma vez?

Uma perguntinha desse tamanho, e parecia que tinha perguntado se ela tava sem roupa de baixo. Ficou quase roxa, a fulaninha — tanto que até abaixei o som da tela aqui achando que ela ia me estourar as caixas de som aos berros.

Mas ela não gritou.

Pelo contrário. Ficou muda, as lágrimas escorrendo pelo rosto que tanto lembrava o do Fortunato.

A senhora sabe que nunca vi o Fortunato chorando? Nem de alegria e nem de tristeza, nenhuma lágrima jamais escorreu dos olhos dele na minha frente. Depois fui até perguntar pros camaradas e todo mundo respondeu a mesma coisa: Fortunato tinha muito riso, mas nenhuma lágrima. Não sei lhe dizer se isso é bom ou ruim. Meu pai diria que gente conformada não gasta nem lágrima e nem grito com nada, acho que a reposta reside aí no meio.

— Sim, seu selenita encardido, vi meu pai uma única vez — a menina lá respondeu com um sussurro que foi crescendo à medida que a dor ia escapando com as palavras. — Ele veio para cá quando coloquei o nome dele na lista de desaparecidos, logo no primeiro mês. A polícia o pegou no espaçoporto aqui da cidade e o trouxe para casa.

— Ele nunca me contou isso.

— Imaginei que não. Disse que tinha arruinado a vida dele dizendo que ele era desaparecido. Eu, arruinando a vida dele!

— Bom, há de se entender o ponto de vista... — Martim tentou falar, mas a moça lá nem se deu ao trabalho de perceber que tinha sido interrompida.

— Ele achava mesmo que vocês o amavam. Que era mais importante dormir numa esteira aí nessa merda de asteroide metido a besta do que viver uma vida digna numa casa de verdade, com gente que o amava, num planeta de verdade, com ar de verdade e terra de verdade. Ele achava mesmo que ser explorado por selenitas como você valia mais do que uma vida honesta aqui, junto da gente dele.

— E sua mãe...

— Minha mãe — o nome saiu que pareceu palavrão cabeludo — é uma mulher pouco inteligente. Pra não dizer outra coisa.

— Aí é uma questão para você resolver com ela.

— Você não entende? Não tem o que resolver! Ela impediu meu pai de ter uma vida digna! Ela o chutou para as estrelas, me criou pro mesmo destino, e agora acha que pode mesmo decidir assim? Não tem acordo! Não vão cremar meu pai. Ponto final! Nem que tenha que subir aí para impedir!

— Pois suba!

A senhora precisava ver a cara da fulaninha! De roxo passou pra branco num piscar de olhos. Bom, até aí, Martim e o chefe dele também ficaram mareados igual. Mas o que eu podia fazer? Já estava muito de saco cheio dessa história toda, a senhora perdoe aí meu linguajar.

— Pois suba, senhorita. Pago a passagem do meu bolso. Venha cá pra Bertha Lutz pra me dizer pessoalmente que sou um selenita sem coração, bruto e tarado, que fez lavagem cerebral no seu pai.

— Mas o senhor...

— O meu nome é Antônio Silva, senhorita. Colono espacial nascido e criado, com orgulho. Agora, quer chamar a polícia? Chame! Mande-os aqui que explico toda a situação para eles. Quero ver alguma autoridade se mexer por causa dum mero trecheiro.

— Meu pai era um homem digno!

— Ele era, sim. O homem mais digno que conheci. Ser trecheiro não tem nada a ver com dignidade, apesar do que pensa a senhorita e do que pensa a polícia aí na Terra. Repito minha oferta: venha cá para cima ver o que seu pai construiu. Talvez a senhorita mude de opinião.

— Eu vou chamar...

— Já disse, pode chamar a polícia. Não tenho medo de grito, moça, e não tenho medo de ameaça. Chame a polícia se acha que isso vai prestar... Mas, se chamar, vai ter que vir junto com eles. Tô disposto a começar uma guerra por causa disso. Se tanto quer o que quer, tem que vir buscar.

— Você não pode ficar com o corpo do meu pai.

— E você não pode nos tratar como se a gente fosse criminoso! Que mal nós fizemos para você ou os seus? A escolha não foi nossa, ninguém prendeu seu pai aqui! Não queremos ficar com o corpo de ninguém, eu queria o Fortunato vivo!

Nisso, a senhora nem acredita. Sabe quem apareceu na tela, pondo a mão no ombro da fulaninha que nem um fantasma?

Pois é, dona Almeria!

Rapaz, mas ela tava brava! Pôs a chamada no mudo e ficamos eu, Martim e o chefe do Martim vendo as duas baterem boca sem som. Dona Almeria apontava a tela, a filha do Fortunato virava a cara, as duas começaram a chorar e, te juro, achei que a qualquer momento elas iam se estapear! A filha do Fortunato não ia durar dois minutos numa briga física — pelo amor de Deus, não coloca isso no relato, não…

E como terminou?

Terminou que a fulaninha se levantou e foi embora da sala pisando duro. Dona Almeria demorou uns minutos para se recompor e ligar o som novamente. Te juro, achei que ela ia me mandar à merda. Ou ia mandar a filha à merda. Ou nós dois, o Fortunato, a administração e todos os planetas do sistema solar, quem sabe. Sabe o que ela disse?

— Vocês podem mesmo pagar uma passagem aí pra cima?

— Vai sair meio caro, mas posso.

— Tem como comprar duas? Eu lhe reembolso quando chegar meu pagamento.

— Duas passagens, senhora?

— É. Vou com ela aí pra Bertha Lutz. Fortunato não ia gostar disso, mas… Se ele quer morrer do jeito dele, vai ter que aturar uma alteração ou duas no planejamento.

9

E foi assim que o Fortunato enfim foi velado.

Tá certo que não foi cem por cento como ele teria imaginado, mas... Numa dessas, senhora, já estava bem feliz de que ninguém mais morreu no processo.

Dona Almeria e a filha chegaram no primeiro voo de passageiro no dia seguinte — fui buscá-las da maneira mais discreta que deu, porque tava morrendo de medo dos camaradas quererem jogar pedra em cima da filha do Fortunato por causa do que ela disse no dia anterior. Tá certo que a maioria do pessoal tinha voltado para suas ocupações, mas os residentes aqui na colônia são esquentados, o que posso te dizer?

Pra que fui me preocupar com isso, não sei. A menina nem me olhou na cara! Ela tava uma figura engraçada, vestida com uma túnica que arrastava no chão e com a cabeça toda coberta, parecia minha tia nos últimos dias de vida. O filho dela vai me matar se ler isso, mas é verdade. A diferença é que a filha do Fortunato, pelo menos, tinha cabelo.

Depois foi que minha esposa explicou que algumas moças da Terra fazem isso de cobrir a cabeça quando chegam nas luas agrícolas porque tem medo de que o ar aqui do domo estrague os cabelos delas. E eu achando que era por questão de fé! Minha esposa disse que foi sorte da moça não ter usado também uma máscara, dessas que a gente põe na cara quando está gripado. Parece que tem uns setores lá na Terra que acham que a gente respira um ar venenoso. Até entendo o raciocínio, mas ele ainda me ofende bastante...

Dona Almeria, em compensação, que mulher maravilhosa. Fez questão de cumprimentar todo mundo que preparou o velório, o Martim, as bandas que vieram tocar em homenagem ao Fortunato. Ela aceitou os cumprimentos da administração e de todo o pessoal com uma serenidade que nem parecia de verdade, parecia vinda de treinamento. Uma viúva de respeito, tenho que dizer. Nem parecia aquela mulher irritada que disse que não se importava se o marido viesse de volta para a cidade dela dentro dum cinzeiro.

Ela só pediu pra ficar sozinha um tempo com o caixão lá na sala da assembleia. — sozinha mesmo, nem a filha entrou.

O que se passou ali, naquele instante, fica entre Deus, as estrelas e o coração de dona Almeria; vou pedir pra senhora não ir lá perguntar pra ela. Pode ser? Algumas coisas não precisam de divulgação. Se ela lamentou ou se cuspiu no caixão, melhor a gente não ficar sabendo.

A filha do Fortunato não pediu pela mesma delicadeza. Pelo contrário, ela se recusou a entrar na assembleia. Para quem tanto queria o caixão, no fim das contas, até estranhei. Claro, depois que fui pensar que ela devia achar nosso cerimonial muito ofensivo para a crença dela. Onde estavam as velas? As flores? As músicas fúnebres? Por que tinha um pente em cima do caixão?! Essas coisas todas.

Depois que dona Almeria fez lá as preces dela de maneira privada, a gente reabriu as portas e o funeral seguiu conforme o costumeiro para a colônia até a hora do cargueiro chegar para levar o caixão embora pro crematório, no fim do dia.

Durante todo esse tempo, a filha do Fortunato foi seguindo a mãe feito um rabo de um lado para o outro, sem abrir a boca pra nada. Teve camarada que achou que a moça fosse muda, ou então que tinha perdido a voz de tanto ficar gritando na tela de comunicação. Eu te digo que o pessoal aqui tem um senso de humor meio besta, e o pessoal não acredita...

Enfim, veio o cargueiro, eu e dona Almeria assinamos a papelada, o pessoal do Martim trouxe o caixão, tudo devidamente acomodado e pronto para a partida no dia seguinte assim que fosse ligada a energia elétrica principal da colônia. A filha do Fortunato fez questão de inspecionar o cargueiro de alto a baixo, como se tivesse algum poder de veto sobre o transporte, e fez um monte de comentário pra si mesma em voz baixa que não vou me dar ao trabalho de reproduzir pra senhora.

E aí aconteceu uma coisa engraçada. Quer dizer, engraçada agora que estou olhando em retrospecto.

Vai vendo, não tem hotel nem pousada aqui em Bertha Lutz. Que utilidade teria? Aqui não é local turístico, quem vem pra cá é porque veio trabalhar ou então tem parente ou amigo que pode lhe abrigar. O que fazer com essas duas visitantes inesperadas?

Elas foram minhas hóspedes em casa, na falta de local mais oficial, e na falta de pessoa que quisesse de fato recebê-las depois de tanta confusão. O Fortunato era próximo da minha família, então a família dele meio que virou minha responsabilidade.

E aí elas foram apresentadas ao verdadeiro rito funerário aqui da colônia, que é a limpeza.

Nos tempos dos primeiros colonos, quando construíram esse domo e a própria lua agrícola, a morte era uma coisa recorrente. Dizia minha mãe que tinha semana que o cargueiro ia lotado de caixão lá pro crematório. Como os primeiros dos nossos vinham sozinhos, sem família, os colegas se reuniam na casa ou alojamento do falecido para limpar o local e juntar as coisas que o morto usava por aqui — às vezes pra mandar à família na Terra, às vezes pra reciclar mesmo. Nisso, o pessoal acabava, de certa maneira, se despedindo do camarada que tinha se juntado às estrelas.

O costume acabou ficando, mesmo depois das mudanças todas por aqui. É importante, sabe?, manter algumas tradições. Quando morre um dos nossos, depois que o corpo segue pro cargueiro, a gente se reúne na casa da pessoa para limpar armários e estantes, organizar tudo o que ficou para trás. Tem até quem já deixe anotado de antemão onde está tudo e quem deve ficar com quais objetos.

Mas como você vai limpar a casa dum homem que já morava entre as estrelas?

O pessoal veio limpar simbolicamente a minha casa.

Faz sentido, não faz? Afinal de contas, aqui era o primeiro pouso do Fortunato quando ele chegava na colônia. E a mochila dele tava aqui, de qualquer forma, e como ele deixou escrito o desejo de que as roupas dele fossem distribuídas, foi isso o que fiz. Trouxe comigo as caixas com as ofertas dos nossos colegas durante o funeral, para distribuir também entre os visitantes e as parentes. Martim me ajudou com as caixas; ele ficou com a bandeira do Vasco da Gama e eu fiquei com o pente. Dona Almeria guardou os desenhos das crianças e um dos rosários. O resto, acho que acabou sendo cremado junto com o corpo.

Perguntei para dona Almeria e a filha se elas queriam ficar com algum dos pertences da mochila do Fortunato como lembrança. Dona Almeria não fez questão de levar nada; a filha olhou todos os cacarecos por um tempão, parecia que estava montando algum quebra-cabeças em 3D. No fim, nem sei se ela levou alguma coisa de volta lá pra Terra. Imaginei que ela fosse querer algum suvenir do mártir, como é que o pessoal chama? Relíquia? É isso, né? Achei que ela fosse querer alguma relíquia, mas não tocou em nada, pelo menos não na minha frente.

Os amigos mais próximos que vieram pra cá após o funeral levaram as camisas lavadas, os rolos de barbante ainda fechados no plástico, as botas recauchutadas. Fiquei com uma tesoura de poda, que achei que ia me ser bem útil na colheita. Olha ela aqui, senhora. Cuidado que tá afiada, levei no amolador ainda ontem. Não é de primeira linha, mas é bem cuidada.

Sabe que não me lembro que fim levou a rabeca? Na mochila, não estava; aqui em casa não ficou, a minha esposa olhou em tudo que foi canto. Será que ficou em algum lugar da Terra, em algum espaçoporto por aí antes dele subir cá pra Bertha Lutz? Não que faça assim grande diferença, não sei tocar nem campainha de porta. Até comentei depois com dona Almeria — não sei o porquê. Essas coisinhas ficam na mente, sabe? Nem é tão importante, mas...

O engraçado é que a filha do Fortunato ficou fora da casa até a hora do toque de recolher, quando desligam a força principal da colônia pra economizar energia. Sentada num canto, olhando as plantações hidropônicas. Acho que ela nunca tinha visto algo assim de perto, sabe? É bem diferente do que aparece nas fotos que circulam lá na Terra. Bem menor, para começo de conversa, um pouco menos verde. E as fotos nunca focam as composteiras e os tanques de reciclagem de água e de esgoto. Não são coisa muito fotogênica, bem verdade.

Teve uma hora que fui lá falar com ela, levar alguma coisa de comer. Tava preocupado com ela. Ela recusou a comida, e aí ela me olhou com aquela cara de quem estava vendo o interior duma composteira. E depois suspirou com cansaço.

— Ele trocou uma vida confortável por isso. — Lembro do gesto, sabe? Da mão aberta em leque apontando para os meus feijões e pimentões hidropônicos, para os tanques, com um desgosto do tamanho desta nossa lua. — Por um canto de uma casa que tem o tamanho duma caixa de sapato. Por uma esteira no chão. E eu esperando por ele lá embaixo. Todas minhas amigas tinham pai, e nem podia dizer que era órfã pra disfarçar...

— Eu sinto muito.

— Ah, sente nada. Você não sabe como é isso, não tem como saber. Ter raiva de olhar pro céu de noite porque seu pai preferiu dormir que nem um mendigo a viver com você.

— Diga uma coisa, só pra me tirar a dúvida. Vocês dois conversaram quando ele foi recolhido pela polícia daquela vez?

— Não dá pra chamar aquilo de conversa. Primeiro que ele disse que eu não era filha dele. Depois, quando provei que era, disse que não podia fazer nada a respeito. Eu já tava grande, ele disse. — Ela me encarou com os olhos cheios de lágrimas. Naquela hora, senhora, ela era mesmo filha do Fortunato. Nunca o vi chorando, como lhe disse, mas imagino que se ele fosse capaz de chorar, seria daquele jeito que ele ficaria. — Não lamentou ter perdido minha infância, sabe? Não mostrou curiosidade sobre a minha vida. Eu era como se fosse lama de estrada pra ele. Ver esse povo todo chorar por causa dele… Chega a dar nojo, sabe? — Aí ela olhou de novo para a plantação. — Por que vocês não o mandaram de volta para a casa dele? Por que vocês o alimentaram e o exploraram como um bicho?

— Você me acha um bicho?

Ela não respondeu, só ficou olhando a plantação. Acabei comendo o que tinha trazido para ela. Sabe, senhora, ela acha que eu não entendi, mas entendi mais do que ela quis dizer na hora. Se colono é escravo e trecheiro é bicho de carga, o que os filhos de colonos e trecheiros são, então? Tá me entendendo?

Foi o que te disse: tem o orgulho da gente viva, e o orgulho da gente morta. Mas, nesse caso, pobre da fulaninha, a posição dela lhe impedia de ter orgulho, fosse como fosse. Agora que não tinha plateia pra ela fazer o papel de vítima da lavagem cerebral, como é que ficava o lado dela? Não ficava, né? Tinha que encarar essa ferida que era querer e não poder, de ter tanto para dizer e não saber o idioma… De amar tanto uma terra e o sangue e o passado, e não conseguir conviver com o futuro.

— Ele disse que queria morrer aqui. — A fulaninha me encarou uma última vez, enxugando as lágrimas com a manga comprida — Que o governo roubou dele a felicidade de viver no mundo novo, e que ele foi atrás da felicidade. Vocês tiveram essa tal felicidade. E eu? O que ganho? Um saco de cinzas. Você não entende, nunca vai entender.

— Não, moça. Não tenho como.

E foi isso. Fui para dentro de casa e não nos falamos mais.

Claro que isso tudo ainda me incomoda, senhora. Por que não incomodaria? Cresci do lado do sujeito e não sabia quem ele era. Pense em algo que me assusta até agora, quando me ponho a lembrar daquele instante, aquelas lágrimas todas. Como é que eu poderia entender? Eu fui amado, senhora, mais amado do que muita gente nesse mundo. Mas isso não significa que não sei compreender a dor de outra pessoa.

Queria poder ter dito isso para ela, sabe?

Não que ela fosse ouvir. Ou quem sabe ela até me ouvisse, talvez ela até me entendesse, também, se dissesse que podia não ter a experiência da dor, mas tinha a experiência do coração roto de quem perde um parente. De quem quer abraçar alguém de novo, ser chamado de filho pelo menos uma vez mais. Nisso, eu e ela éramos parecidos, por mais que seja difícil de dizer

E fiquei pensando até perder o sono, e nisso quase que perdi a hora de ir pro espaçoporto na manhã seguinte pra despachar o caixão e também me despedir de dona Almeria e da fulaninha lá.

O que posso lhe dizer, senhora? Nessa hora, a gente nunca sabe o que dizer ou o que fazer. Ninguém dá aula dessas coisas na escola técnica. A gente só encara como vem, engole o choro para não fazer feio, segue com todos os protocolos e reza para não dar muito vexame. Martim veio cedo, para cumprir justamente com esses protocolos todos: de nós todos, ele parecia ironicamente o mais abalado com tudo. Como é que a gente lá da terra firme fala? Batismo de fogo? É isso? Foi o que aconteceu, sabe? Ele envelheceu dez anos nesses dois dias, acho que nunca mais vai esquecer.

Pelo menos o pobre do Martim não estava sozinho nesse constrangimento todo. Dona Almeria estava de olhos muito inchados — acho que naquele instante em que ela viu o cargueiro à luz elétrica matutina, aí a ligação completou dentro da cabeça dela, sabe? Aquele ali no caixão era o Fortunato dela, o homem com quem ela dividiu a juventude, e ele não estava mais perdido no céu sem ar como uma miragem: ele estava ali, naquele esquife, e não tinha mais a chance de reconciliação ou de salvação pra nenhum dos dois.

Pense, senhora, na quantidade de histórias possíveis naquele instante. Ela poderia ter tentado achá-lo, talvez ele quisesse também voltar para ela ou trazê-la consigo em suas viagens, mas achasse que não havia mais para onde voltar — quem sabe? Tanta coisa que poderia ter sido e que não foi porque eles seguiram em frente fingindo que não tinham vivido o que viveram!

É tanta conjectura nessa hora que derruba mesmo a pessoa, por mais que se ache que está tudo bem, que não tinha mesmo como resolver, o famoso "a vida é assim mesmo" que todo mundo fala na hora de se consolar. A cabeça é assim, não importa em qual gravidade você more, eis o que aprendi.

Queria dizer que a filha dele teve essa mesma revelação, mas qual o quê — até o último instante, ela ficou reclamando que não era justo tratarem um homem como ele como lixo espacial, que a mãe dela era maluca de ter aceitado aquele acordo, que se fosse ela tinha chamado a polícia. Bem que tentei falar com ela, mas foi a mesma coisa que falar com uma parede. Até pior, porque parede pelo menos reverbera o que você diz. Aquela lá, Deus nos ajude, ia ter muito trabalho pela frente. Fico imaginando o que ela disse de nós para os colegas dela. Melhor não ficar sabendo, né?

Quando elas embarcaram, escutei Martim resmungando que "pelo amor de Deus, tava quase a ponto de enforcar essa daí com o cachecol dela" — o Martim!, tão gentil, disse isso. A senhora, pois, calcule o tamanho do mal-estar.

E depois...

Depois a vida seguiu em frente.

Essa foi a parte mais dura do processo todo. As plantas precisavam ser podadas, a composteira precisava ser alimentada. Logo chegou a época da colheita, e depois a época de despachar os frutos lá pra baixo. Passou meu aniversário, o aniversário da minha esposa e o das crianças, e aí quando você vê, fez um ano da morte do Fortunato.

Veja a senhora que tentei seguir em frente. Acho que tive algum sucesso. Soube por e-mail que o caixão chegou no crematório, é o protocolo. Dali pra frente, não tive mais notícia. Tem gente que ainda me pergunta se a esposa espalhou as cinzas ou se o povo lá da filha do Fortunato enterrou a urna, já que não puderam enterrar o corpo. Isso, não sei e não faço questão de saber. É pro meu próprio bem. Não sei se aguento mais destruir minhas memórias, senhora. Não é justo ficar pensando que, enquanto ele estava aqui comigo, tinha alguém lá embaixo esperando por um sinal, sabe?

Mas te conto um segredo, por favor, não espalhe. Hoje em dia, sempre que chega um trecheiro perguntando se tem ocupação na colheita, faço questão de perguntar sobre sua vida pregressa. Alguns se ofendem e vão embora; outros contam a versão deles dos fatos, e aí fica a meu critério crer ou não crer — não que faça diferença, sabe, mas...

Mas é que em cada um deles, procuro o Fortunato Poeira de Estrelas que um dia esteve aqui, e que perdi duas vezes: uma para a morte e outra para a verdade.

CARA LEITORA, CARO LEITOR

A **Cachalote** é o selo de literatura brasileira do grupo **Aboio**.

Lemos, selecionamos e editamos com muito cuidado e carinho cada um dos livros do nosso catálogo, buscando respeitar e favorecer o trabalho dos autores, de um lado, e entregar a vocês, leitores, uma experiência literária instigante.

Nada disso, portanto, faria sentido sem a confiança que os leitores depositam no nosso trabalho. E é por isso que convidamos vocês a fazerem cada vez mais parte do nosso oceano!

Todas as apoiadoras e apoiadores das pré-vendas da **Cachalote**:

— têm o nome impresso nos agradecimentos dos livros;
— recebem 10% de desconto para a próxima compra de qualquer título do grupo Aboio.

Conheçam nossos livros pelo site **aboio.com.br** e siga nossos perfis nas redes sociais. Teremos prazer em dividir com vocês todos nossos projetos e novidades e, é claro, ouvir suas impressões para sempre aprendermos como melhorar!

Embarque e nade com a gente.

Cada livro é um mergulho que precisa emergir.

APOIADORAS E APOIADORES

Agradecemos às **241** pessoas que confiaram e confiam no trabalho feito pela equipe da **Cachalote**.
Sem vocês, este livro não seria o mesmo.
A todos os que escolheram mergulhar com a gente em busca de vozes diversas da literatura brasileira contemporânea, nosso abraço. E um convite: continuem acompanhando a **Cachalote** e conheçam nosso catálogo!

Adriana da Rosa Amaral
Adriane Figueira Batista
Agência Magh
Alberto Almeida de Azevedo
Alexander Hochiminh
Alfrêdo Neto
Allan Gomes de Lorena
Allana Dilene de Araújo
    de Miranda
Allison Norberto Alves
Altemar Almeida Silva
Amanda Ferreira Bento
Ana Carolina Dantas
Ana Maiolini
Ana Valeria Ivonica
André Balbo
André Lazzarini
André Pimenta Mota
Andreas Chamorro

Andrezza de Oliveira Agapito
Andria Pequito
Ângela Cristina
    Salgueiro Marques
Anna Guedes
Anna Luiza Levin
Anna Tereza
    Fagundes Domingos
Anthony Almeida
Antonio Luiz
    de Arruda Junior
Antonio Pokrywiecki
Arthur Felipe
    Crespo dos Santos
Arthur Lungov
Bia Fagundes
Bianca Monteiro Garcia
Bruno Coelho
Caco Ishak

Caio Balaio
Caio Girão
Caio Macedo da Silva
Calebe Guerra
Camila Lourenço de Souza
Camille Bucci
      Simões de Paula
Camilo Gomide
Carla Guerson
Caroline Dias Gabani
Cássio Goné
Cecília Garcia
Cecília Janielle
      de Oliveira Alcântara
Cintia Brasileiro
Cláudia Fusco
Claudine Delgado
Cleber da Silva Luz
Cleison Ferreira
Cristina Machado
Daniel A. Dourado
Daniel Dago
Daniel Dourado
Daniel Giotti
Daniel Guinezi
Daniel Leite
Daniel Longhi
Daniela Ribeiro Guarieiro
Daniela Rosolen
Danilo Brandao
Denise Lucena Cavalcante
Dheyne de Souza

Diana Passy
Diogo Mizael
Dora Lutz
Eduardo Rosal
Eduardo Tavares Bello
Eduardo Valmobida
Emanoelle Machado
      Rodrigues Veloso
Enrique Trevelin
Enzo Vignone
Everton Amaral Pereira
Fábio Fernandes
Fábio Franco
Febraro de Oliveira
Felipe Duarte da Silva
Fernanda Castro
Fernanda Nia
Flávia Braz
Flávio Ilha
Francesca Cricelli
Francisco Alberto
      de Aquino Calles
Frederico da C. V. de Souza
Gabo dos livros
Gabriel Cruz Lima
Gabriel Stroka Ceballos
Gabriela Cabral
Gabriela da Silva Malara
Gabriela Machado Scafuri
Gabriela Pagnussat da Silva
Gael Rodrigues
Geovanna Ferreira Silva

Giselle Bohn
Giuliana Yukari
    Murakami da Paixão
Guilherme Belopede
Guilherme Boldrin
Guilherme da Silva Braga
Guilherme Gontijo Silva
Gustavo Bechtold
Hadassa Cristina Cardoso
Helloise G. Mota
Henrique Emanuel
Henrique Lederman Barreto
Iago Ramon Möller
Ian Fraser Lima
iana picchioni araújo
Isa Prospero
Ivana Fontes
Izabelle Cristine
    Carbonar do Prado
Jadson Rocha
Jailton Moreira
Janayna Bianchi Pin
Jefferson Dias
Jessica Ziegler de Andrade
Jheferson Neves
João Luís Nogueira
Jucorujinhak
Júlia Carrilho Sardenberg
Julia de Oliveira Brotas
Júlia Gamarano
Júlia Viegas Alves
Júlia Vita

Juliana Costa Cunha
Juliana Slatiner
Júlio César Bernardes Santos
Karen Alvares
Kelly Cristina Nascimento
Laís Araruna de Aquino
Lara Haje
Larissa Siriani
Laura Redfern Navarro
Leandro Durazzo
Leitor Albino
Leonardo Pinto Silva
Leonardo Zeine
Leopoldo Cavalcante
Leticia Oliveira Zumaeta
Lili Buarque
Lis Bittencourt Vilas Boas
Lolita Beretta
Lorenzo Cavalcante
Lucas Ferreira
Lucas Lazzaretti
Lucas Mota
Lucas Murari Cabrero
Lucas Verzola
Luciano Cavalcante Filho
Luciano Dutra
Lucio Pozzobon de Moraes
Luis Felipe Abreu
Luis Mauro Sá Martino
Luísa Machado
Luiz Fernando Cardoso
Luiza dos Santos Nascimento

Luiza Leite Ferreira
Maíra Thomé Marques
Manoela Machado Scafuri
Marcela Roldão
Marcelo Conde
Marcelo Saad
Marco Bardelli
Marcos Alexandre Silva Alves
Marcos Vinícius Almeida
Marcos Vitor Prado de Góes
Maria Anna Leal Martins
Maria de Lourdes
Maria do Carmo Fagundes
Maria Fernanda Vasconcelos
   de Almeida
Maria Inez Porto Queiroz
Maria Luíza Chacon
Mariana Donner
Mariana Figueiredo Pereira
Marina Lourenço
Marina Oliveira
Mateus Magalhães
Mateus Marques
Mateus Torres Penedo Naves
Matheus Picanço Nunes
Mauro Paz
Melissa Cristina Silva de Sá
Mikael Rizzon
Milena Martins Moura
Mirela Paes
Natalia Timerman
Natália Zuccala

Natan Schäfer
Nicolas Ricardo
   de Souza Aquino
Niê
Odylia Almacave
Otto Leopoldo Winck
Patrizia Negrini
Paula Luersen
Paula Maria
Paulo Scott
Pedro Henrique
   Noya Souza Leite
Pedro Lucas de Sousa
   Alves Cassiano
Pedro Oliver Maia Rezende
Pedro Torreão
Pietro A. G. Portugal
Rafael Mussolini Silvestre
Raquel Corrêa
Raquel Terezani de Paiva
Rhuan Contardi
Ricardo Balbino de Souza
Ricardo Kaate Lima
Ricardo Senise
Roberto Campos Pellanda
Roberto Francisco
   Fideli Causo
Rodrigo Barreto de Menezes
Rodrigo Dahia Fernandes
Rodrigo Pontes
Rodrigo Sande
Rodrigo van Kampen

Samara Belchior da Silva
Sergio Mello
Sérgio Porto
Sol Coelho dos Santos
Suzana Vieira Herbas
Taissa Reis
Talita Rodrigues
Tatiana Franey
Tatianne Karla Dantas
     Vila Nova
Thais Aux Pavão
Thais Fernanda de Lorena
Thassio Gonçalves Ferreira
Thayná Facó
Titi Bayarri
Tiago Moralles
Valdir Marte
Valéria Cristina Soares Alves
Victor Almeida
Victor Sousa Vieira
Vitoria Zavattieri de Andrade
Wélida Muniz
Weslley Silva Ferreira
Wibsson Ribeiro
Willyara dos Santos Amorim
Wilson Jr
Yále Cristina Lima
Yvonne Miller

PUBLISHER Leopoldo Cavalcante
EDITOR-CHEFE André Balbo
REVISÃO Marcela Roldão
DIREÇÃO DE ARTE E CAPA Luísa Machado
COMUNICAÇÃO Thayná Facó
PROJETO GRÁFICO Leopoldo Cavalcante
ASSISTÊNCIA EDITORIAL Nelson Nepomuceno

© da edição Cachalote, 2024
© do texto Anna Martino, 2024

Todos os direitos reservados. Nenhuma parte desta obra pode ser reproduzida, arquivada ou transmitida de nenhuma forma ou por nenhum meio sem a permissão expressa e por escrito da Aboio.

Grafia atualizada segundo o Acordo Ortográfico da Língua Portuguesa de 1990, que entrou em vigor no Brasil em 2009.

Dados Internacionais de Catalogação na Publicação (CIP)
Aline Graziele Benitez — Bibliotecária — CRB-1/3129

Martino, Anna
    Fortunato poeira / Anna Martino. -- 1. ed. -- São Paulo : Cachalote, 2024.

    ISBN 978-65-83003-34-8

    1. Ficção científica brasileira I. Título.

24-241831   CDD-B869.308762

Índices para catálogo sistemático:
1. Ficção científica : Literatura brasileira

[2024]

Todos os direitos desta edição reservados à:
ABOIO EDITORA LTDA
São Paulo — SP
(11) 91580-3133
www.aboio.com.br
instagram.com/aboioeditora/
facebook.com/aboioeditora/

[Primeira edição, dezembro de 2024]

Esta obra foi composta em Adobe Caslon Pro.
O miolo está no papel Pólen® Bold 70g/m².
A tiragem desta edição foi de 300 exemplares.
Impressão pelas Gráficas Loyola (SP/SP).

A marca FSC® é a garantia de que a madeira utilizada na fabricação do papel deste livro provém de florestas que foram gerenciadas de maneira ambientalmente correta, socialmente justa e economicamente viável, além de outras fontes de origem controlada.